Kadokawa Fantastic Novels
6
KEIKENZUMINAKIMITOKEIKENZERO
位於戀愛光譜
NAOREGAOTSUKIAISURUHANASHI
極端的我們
U0025660

cters
白河月愛
加島龍斗

chara
山名笑琉
黑瀨海愛

cters
伊地知祐輔
仁志名蓮

chara
闞家柊吾
谷北朱璃

將妳推倒之後狠狠纏綿一番的幻想，
已經不知道在我腦海中上演過幾百、幾千遍。
但是，只要見到妳，我便不由得想要溫柔地對待妳。

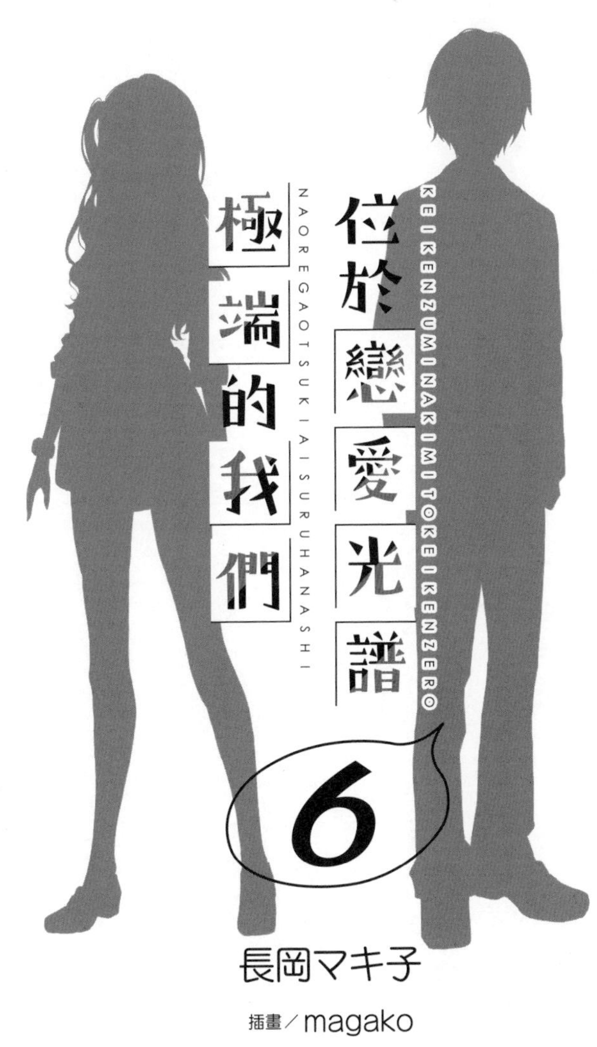


長岡マキ子

插畫／magako

Kadokawa Fantastic Novels

# CONTENTS

# 序章

「聽說在畢業典禮將第二顆鈕釦送給喜歡的人，是因為那顆鈕釦離心臟最近。」

月愛說完這句話露出的靦腆表情，至今依然能鮮明地回想起來，彷彿昨天才發生的事。

「那麼，人家給你這個好了。」

她羞澀地微微一笑，遞給我一樣東西。

那是制服的領結。

從那天起，我就一直將領結保存在房間書桌的抽屜裡。

「領結很少洗，要是有怪味就太丟臉了！人家噴個香水喔！」

她像是要掩飾害羞似的開朗地笑了笑，然後對著解下來的領結噴了好幾下香水。這幕情景是我記憶中最後一次看到月愛穿制服的模樣。

不確定是花香還是果香，領結沾染上濃烈到嗆鼻的香味，現在打開抽屜還是會散發一股淡淡的香味。

聞到那香味，就會掀起我的回憶。

那段日子青澀、辛酸到無可救藥的地步。

嚮往著即使踮起腳尖也絕對觸碰不到的事物，朝著天空拚命地伸長了手。

「……龍斗的也可以給人家嗎？」

月愛抬眸看著我，而我點頭之後，她將手放在我的領帶上……

「……這樣好像妻子喔。」

她害臊地淺淺一笑。

「解開領帶會像嗎？幫忙打領帶比較像吧？」

「咦？像是工作回來的時候啊……人家想嘗試看看，不行嗎？」

「我是很高興啦……但感覺會有點心癢癢的。」

聽到我這麼說，月愛的臉頰忽然染上紅暈。

「真是的……很色耶。」

她用手按住我的胸口，像是要忍住羞恥似的嘟囔道。

總覺得手掌的暖意透過衣服和肌膚，就這樣直達心臟。

我的心，至今還是無可救藥地為月愛所俘虜。

明明從那天起，已經過了將近兩年的歲月。

# 第一章

嗶嗶嗶嗶嗶嗶嗶……嗶嗶嗶嗶嗶嗶……

彷彿要撼動寒冷徹骨的空氣一般，手機的鬧鐘聲在耳邊持續響著。

「唔……」

我拿起手機，看清楚「停止」的文字後才點擊按鈕，以免按到「稍後提醒」。

現在是七點鐘。

「……呼～」

如果這時候睡回籠覺就沒有意義了。我一鼓作氣地睜開雙眼。

眩目的陽光穿過窗簾的縫隙，從頭頂上的窗戶流瀉進來。天氣似乎不錯。

大致整裝完畢後，我再次打開背包檢查昨晚準備好的東西。

「今天可是要上滿四節課啊……」

教科書比較多，所以背包就能在今天派上用場了。

黑色背包與全新的時候比起來已經有老舊的感覺，但現在依然很實用。無論是補習生活還是應試季節，這傢伙都陪伴我一路熬了過來。

「……嘿！」

揹上這個好搭檔後，我來到走廊朝客廳的方向喊道：

「我出門了～」

「路上小心。」母親探頭這麼回道，我看了她一眼後就穿上鞋子離開玄關了。

「好冷……！」

我忍不住驚呼一聲。

早晨的室外空氣很冷，刺骨寒意侵襲著耳朵、額頭這些裸露在外的一小部分肌膚。就連眨眼的一瞬間都能感覺到自己的睫毛有多冰。

我將手伸進大衣的口袋，拿出一直放在裡面的手套與沖沖地戴上。

這是她在一年前的聖誕節送給我的禮物，但當然不是她親手製作的。這雙毛絨絨的手套很溫暖，還能戴著滑手機，非常好用。

離車站前愈近，路上行人的密度就愈高。要進入驗票閘門的時候，幾乎都快碰到彼此的袖子了。

這個時間從K車站出發的電車內雖不如月台上爆滿的人潮，仍然擠得跟地獄一樣。儘管只要忍耐一站就好，到了隔壁A車站就會有大批人群下車，但有第一節課的時候總是會遇到這種情況，令人心情憂鬱。

最先上車的我已經被擠到對側車門附近，臉貼在冰冷的車窗上，整個人的重量都倚靠著車門。連手機都沒辦法拿出來，只能望著外頭的景色放空。

這是上大學之後要度過的第二個冬天，由於人們都穿著厚重的大衣，感覺這個時節的乘車率是夏天的一點五倍左右。

直到剛才還感覺得到徹骨寒意，現在卻是猛烈的熱氣和濕氣席捲而來。儘管每次都會後悔，總不能為了一瞬間的客滿電車而穿得很少，所以這也無可奈何。

忽然間，電車來到河堤，行駛在鐵路橋上。眼前出現整排的櫻花行道樹，我的視線不由得受到吸引。

冬天的櫻花行道樹連一片葉子也沒有，呈現黯淡的褐色，有點蕭瑟寂寥。

想起月愛在那些櫻花行道樹下開心微笑的表情，胸口便緊揪了一下。

我的心意，至今仍舊與那天一樣。

過了A車站後就騰出了更多空間，站著也不會感覺到其他人的壓迫感。

我幸運地搶到空位。因為不是博愛座，暫時可以享受放鬆的片刻。

於是打開手機查看訊息。

早安～！
這個月很忙，但人家會加油～

她傳來的訊息還停留在昨天早上。

今天過得如何？
晚安。
早安。
我去上第一節課了。

繼自己昨天的發言後，我又傳了一次訊息就靜靜地關掉通訊軟體。然後目不轉睛地盯著手上的手機。手機殼以男生的喜好而言顯得夢幻了點，這是第三個與她同款式的手機殼。

在距離大學最近的車站下車的都是些上班族和學生。大家走得很快，而且老是低頭看著腳下。

我邊走邊查看手機，但還是沒有收到她的回覆。

「…………」

這麼遜的法應生，整個校園可能只有我一人吧。

抱著這個想法，穿過了熟悉的雅緻正門。

在規定時間的將近十分鐘前抵達教室，結果不知為何已經開始上課了。

「我今天要提前十五分鐘下課去開會，所以先發講義。」

年老的男教授站在講台上，沒有看向學生們就逕自這麼說道。要是沒有麥克風，大家絕對聽不到他那嘀嘀咕咕的聲音。

由於是早上第一堂課，再加上教授提早上課的緣故，能夠容納幾百人的大教室裡只有寥寥可數的幾個學生。

長桌像古希臘劇場一樣呈階梯狀排列，每一排的長度由上到下遞減，愈靠近講台愈短。

依照經驗，學生會在開始上課之後才姍姍進入教室，而且成群結伴的傢伙們一定會占據後方的座位，因此後半方的人口密度會變高。為了避開那些人，我往前走到第三排坐下。

「來。」

教授看都沒看我一眼就把一疊講義遞過來。第三排只有我一人而已，甚至第四、五排也沒有坐人，所以我必須特地站起來把講義傳給第六排的學生才行。

坐在第六排的是一對並肩而坐的男女學生。

我沉默地遞出講義後，那個女生瞥了一眼我的臉。

「……吧？」

「呵呵呵，很壞耶。」

背對那兩人回座位的途中，聽到後面傳來他們嬉鬧的對話，讓我有點不爽。

這堂課還是一如往常地無聊。

我純粹是因為學分很好拿才選了通識教育的符號邏輯學，但課程內容太過專業，完全聽不懂教授在講什麼。有個說法是教授只是為了每年將自己寫的要價數千日圓的超厚教科書賣給數百名學生。彷彿是要印證這個說法般，課程本身從頭到尾幾乎都在唸教科書上的內容，所以我第一學期就放棄做筆記了。

這堂課不會點名，聽說不少學生都是只讀教科書，等到期末再來考試。第一學期考試時教室的確出現了從未見過的滿座盛況，真是嚇了一跳。

「……那麼，今天就上到這裡。下堂課會進入下一個部分。」

今天的課程依然在沒聽懂任何內容的情況下結束，教授匆匆地收拾完東西就走人了。

「…………」

好空虛……雖然我內心這麼想，但也沒有能夠談論這件事的朋友，便將教科書收進背包後獨自離開教室。

「欸～我完全聽不懂這堂課耶，會不會完蛋啊？」

「我也一樣～」

「太空虛啦。」

「就是說啊～」

「每次都有來上課的人聽得懂嗎？」

「誰知道，我這學期才來上第二次而已。」

「真假～」

上同一堂課的男學生二人組緊跟在我後面。

「對了，優花里等一下好像要去品川吃百匯耶。」

「真假～？」

「我看到她ＩＧ的貼文，傳訊息問之後，她就問我要不要去。我們一起去吧？」

「咦，那你第二節課呢？」

「拜託飯田不就好了？那傢伙會去上課的啦。」

「這樣啊～那我也去吧。」

「話說，優花里感覺快跟男友分手了耶。」

「真假？那個在廣告公司上班的男友嗎？」

「她有找我討論過啊，這不就代表我有機會了嗎？」

「哪可能啊，校花候選人再怎麼說等級都太高了吧～」

我不想上廁所，但為了遠離他們還是去了趟廁所，他們卻直接跟進來，結果三個人竟然就這樣並排著小便。

「我說你啊，雖然優花里是很好啦，之前提到的社團學妹呢？」

「哦～她算是備胎啦。」

「炮友喔？」

「唔～應該說是朋友以上，炮友未滿吧。要再約完全是可以考慮啦，只不過她好像有點自以為是女友，我就放生了。那你最近呢？」

「我都在路上搭訕啊。法應的女生自尊心很高，但在校外可是正妹隨你挑喔。你也秀出學生證搭訕看看吧？」

「真假？這樣就把得到喔？」

「把得到、把得到。法應這塊招牌真的太厲害了，只要聽到是法應男，女生的眼神都不一樣了。」

「有這種事？那當然得利用一下啊。」

「不過呢～最理想的就是跟優花里那種女生交往啦。還是玩得保守一點好了。」

「啊哈哈！這不是很奇怪嗎？」

嗯，這的確很奇怪。

「啊～不過假如蹺掉第二節課，第三節課就不想去了。」

「說得沒錯～今天乾脆就自主放假啦。」

在我反覆用肥皂仔細洗手的時候，那兩人總算先離開廁所了。

鬆了口氣。

同時也感到筋疲力盡。

「我竟然跟那種人一樣是法應生啊……」

站在沒有人的廁所洗手台前，用手帕擦拭著雙手，內心的鬱悶無處宣洩，忍不住就嘀咕了一句。

——在校外可是正妹隨你挑喔。

原來是這樣嗎？

我有點……不對，是相當嫉妒……儘管如此，我也沒有那種勇氣，再說自己早就有正牌女友了。

就算沒有女友，像那樣接連不斷地跟不認識的女孩子變成朋友，對怕生的邊緣人來說太高難度，光是思考這件事，我的心靈就快崩潰了。

沒錯，最重要的是心靈。

我所追求的並不是可愛的皮囊。

抱著尊重的態度與女孩子相處，最終達成彼此心靈相通……正是這樣的女孩子，我才能放心地與她親熱放閃。

最近都沒有就是了……

「…………」

想起這件事，我拿起手機一看，便發現訊息依然停在自己的「我去上第一節課了」。

「…………」

心底再度一涼，便踩著蹣跚的步伐前往第二節課的教室。

就這樣安然地度過第二節課後，我來到學餐。如果當天有第二節課和第三節課，因為時間緊迫，午餐必定要選擇在校內解決。

儘管有像大廳一樣寬廣的大型餐廳，不過我喜歡位於樓上的這間餐廳。這裡的環境很像教室，並排擺著會議室那種長桌和折疊椅，整體上死氣沉沉的。雖然氣氛沉悶，但餐點的分量很多又好吃。校園裡也有裝潢時尚的自助餐廳，據說由飯店主廚負責監修菜單，然而女性客人太多了，邊緣人要鼓起勇氣才能踏進去，所以只去過一次。

不管怎麼說，由於這裡充斥沉悶的氣氛，通常來的都是飢腸轆轆，只想趕快大吃一頓的運動社團社員，或是那種獨自前來，吃飯時從頭到尾都在滑手機的學生。

我的食量並沒有多大，但對男生來說，便宜且分量多是很值得感激的一件事。

買了招牌咖哩豬排飯的餐券，取餐後便拿著托盤找位子坐下，默默舉起湯匙開始吃飯。

「加島兄，你果然在此啊。」

這時，有個人將同樣擺著咖哩豬排飯的托盤放在旁邊，朝我這麼說道。

「久慈林同學。」

他名叫久慈林晴空，就讀文學院二年級，主修國文系，是我在大學裡唯一的朋友。

大一時，我和久慈林同學上同一堂語言學。課堂上要兩兩一組而跟他同組之際，我們聊過後發現彼此都是邊緣人，因此變得意氣相投。後來便相依為命，在絢麗校園的陰暗背光處交流來往。

「發生何事？小生看你似乎有些消沉。」

久慈林同學的說話方式就像聽到的這樣，非常有個人特色。

據說他念國一的時候，因為太邊緣，直到五月還是無法主動與班上任何人攀談，焦急之下想到一個點子，那就是「如果換成跟平常不一樣的風格，或許就有辦法交談了」。於是，他嘗試用文言文來說話之後大獲同班同學好評，變得很受歡迎，從此必須用這種說話方式才有辦法與人交談。

「沒啦，就是……看到上同一堂課的法應生很輕浮，害我心情不太好。」

其實女友沒回訊息也是我心中一個疙瘩，但跟久慈林同學聊女友的事情會讓他不高興，所以不會一碰面就提這個。

「哦？那真是有意思。原來你也會遇上這類事啊，生活比小生充實好幾倍嘛。」

順便補充一下，久慈林同學這種說話方式完全只是「追求那種調調」而已，並不是在模仿哪個時代、哪個階級的說話方式。有的搞笑藝人會把英文強行轉換成日文，而他似乎沒有給自己定下那種方針。

「哪有，要說這個的話，你的男人味才比我強好幾倍吧。」

沒錯，久慈林同學雖然走這種風格，卻長得相當帥。眉毛和睫毛都很濃密，鮮明立體的輪廓線條讓他乍看之下像是混有拉丁裔的血統，但聽說父母都是土生土長的日本人。他個子比我高一點，體格倒是接近標準，所以我對此沒抱什麼疑問。

然而，久慈林同學近視很深，戴著一副厚厚的黑框眼鏡，讓他五官深邃的相貌看起來不是很清爽，感覺不會受到女孩子青睞，實在令人遺憾。我也是認識他幾個星期後一起去拉麵店時，看到他拿下因熱氣而起霧的眼鏡，才發現原來長這麼帥。

我明明在稱讚，他卻拿起湯匙露出諷刺的笑容。

「只有你才會這樣說小生。」

「那是因為沒有其他朋友啊……你我都是。」

「哈、哈、哈！」

我一邊聽著久慈林同學那像是古典戲劇裡會出現的笑聲，一邊品嘗咖哩豬排飯。

久慈林同學是我在大學裡的綠洲。

「可是你還有高中朋友，不像小生都在扮丑角。難不成已經沒在聯絡了嗎？」

「哦……」

我停下吃咖哩飯的手，凝視前方。對面的桌子坐著體格健壯的男學生，應該是運動社團的社員，正狼吞虎嚥地吃著桌上的兩盤咖哩豬排飯。

「……說起來，有一陣子沒聯絡了，只知道他們都過得很好。」

阿伊到現在還是參加粉，可以在ＫＥＮ的影片和Twitter看到他。阿仁不時會登入Discord的遊戲群組，所以我也知道他平安無事。

念高中的時候，ＫＥＮ是我們的共同興趣，也是最常聊的話題。

但是，我本身最近都沒有時間追ＫＥＮ的影片。一直忙著上課和打工，使得自己回家後原本想在睡前看個影片，卻一躺在床上就直接睡死了。結果沒看的影片在不知不覺間堆積如山，即使有空就看個幾部也實在看不完。

「雖然想見面……但現在見到面也沒有話題聊吧。」

畢業後，阿伊去念日洋大學的建築系，阿仁則是念成明大學的法學院。他們兩個都念東京的大學又住在家裡，想見面的話隨時都見得到。不過我念的是文學院，主修社會系，感覺大學的課程內容也沒有任何共通點。

「滾滾河水奔騰不息，然此水已非原來之水。滯流處泡沫此消彼長，世間無恆常不變之物……」

久慈林同學開始背誦《方丈記》開頭的文章。這應該不是「追求那種調調」的語錄，而是主修國文才會具備的知識吧。

久慈林同學還是大二生就已經想攻讀研究所了。他特別感興趣的是近代文學，畢業論文好像打算寫森鷗外。將來的夢想是繼續進修博士課程，成為研究家。聽說他的爸爸是大學教授（專攻美國文學），兒子的名字還是取自美國漫畫。

「……若為同在滯流處浮沉之泡沫，想必將於河水流向的彼方再次交會。」

這並不是鴨長明（註：《方丈記》的作者）寫的，而是久慈林同學自己的想法。

看來他是在安慰我。我的表情有那麼落寞嗎？

「謝謝，但願有那樣的機會吧。」

簡單道謝後，我看向桌上的手機。確認過時間，內心就開始在意女友沒回訊息這件事。

我有開啟通知，既然鎖定畫面上沒有顯示通知，那就表示她還沒有回訊息，連打開通訊軟體檢查的工夫都省了。

「…………」

怎麼會這樣呢？這時間應該已經起床去工作了吧。

更別說她是從昨天晚上就失去聯絡，這讓我很擔心。不曉得她有沒有事……

「你是否有其他心事？」

不出所料，久慈林同學發現我的異狀了。

「……呃，其實，我從昨晚就聯絡不到女友……」

「當真？」

沒想到久慈林同學會面露喜色。平時我只要提到女友，他明明會一臉嫉妒地不願多聽，沒想到對這種話題倒是興致勃勃的樣子。

「看來是過得相當快活，以致忘了你的存在吧。」

「才不是，她今天也要工作啊。」

我很幼稚地直接用不爽的口氣回嘴。這是失去從容的證據。

「我反倒是在擔心……她會不會是病倒了。」

「若她生病，家人應該會通知你。假如真的很緊急的話。」

「……可能沒那麼緊急啊。」

「既然如此，明日就會康復吧。無論如何，這都用不著你來擔心。」

久慈林同學嘴角帶著一抹竊笑。

「你也該體會一下，自出生以來從未牽過女子之手，甚至一根手指頭的處男怪是抱著何等空虛的心情。」

處男怪是久慈林同學用來自嘲的稱呼。他畢業自國高中一貫的明星男校，青春期完全接觸不到活生生的女孩子令他深陷絕望，進而釀成扭曲的性慾並痛恨這世上的現充，於是精神上就變成妖怪了。儘管我也搞不懂自己在說些什麼，他本人過去是這麼說的。

「久慈林同學太壞了……」

我假裝傷心地深深嘆了口氣，久慈林同學臉上就出現驚慌的神色。他其實個性很溫柔，是個好人。

「那我差不多該走了，第三節課在南館五樓。」

「啊，好……」

吃完咖哩飯之後，我拿著擺放空盤子的托盤站起身，而久慈林同學看我的眼神帶著一點顧慮。

「若是生病，明日一定就會聯絡你的。」

今天第二次聽到久慈林同學用他的方式為我加油打氣，忍不住會心一笑。

「也對，謝謝你。」

我把托盤放回去後離開學餐，剛才的沉重步伐變得輕快了一些。

果然最重要的還是心靈啊。

我不知道其他人的情況，但至少自己似乎要與互相信任的人交心，才能藉此獲得鼓勵與安慰。

那時候的我，明明身邊有許多這樣的人。

現在想想，在自己將近二十年的人生中，那麼燦爛的時光根本是稍縱即逝。

好懷念當時與月愛和朋友們一起歡笑，每天都過得像慶典那般熱鬧的高中生活。

◇

第四節課結束，今天就上完所有該修的課程了。

現在是下午四點過後。我走出這間同樣沒有熟面孔的大教室，一溜煙地離開大學校園，快步邁向車站。

下午四點左右的電車還很空，剛放學的國高中生們的交談顯得格外大聲，乘客的表情也很平靜。

車上的座位剛好都坐滿了，我便站在不會打開的那側車門旁邊，望向窗外的風景。

從鐵路可以看到商業區行道樹的燈飾，現在正是點燈的時候。周遭有許多對年輕情侶相互依偎著走在路上。

「…………」

這時，口袋裡的手機正好振動了一下。

我連忙掏出手機一看，發現是手遊的體力計量表全滿的通知。

「…………」

我的精神計量表稍微減少了一點。

在離家最近的K車站下車後，走向車站前的鬧區。

有家庭餐廳的五層商業大樓內，我打工的地方在一樓。

上大學沒多久，就在這裡的個別輔導補習班擔任講師。

我父母的教育方針是他們負責付學費，零用錢則要自己想辦法，所以我一入學就在找打工。主流的餐飲服務業對邊緣人太過困難，體力勞動工作也不是我擅長的。

到頭來，一直以來只曉得念書的我，最適合做的就是教育類工作。而且若是和學生一對一教學，即使面對人群很容易緊張，應該也能把這份工作做好，於是就選擇了這間很久以前就知道的在地補習班。

「大家好。」

我在入口停下腳步，彎腰行禮。

「你好～」

櫃檯另一側的員工和講師們向我打招呼的聲音此起彼落。總覺得這裡的人們大多是過去都在埋頭念書的邊緣人，就算年紀差不多也很少交頭接耳，這樣的環境待起來滿舒適的。

我走到講師休息室放下隨身物品，接著就返回出入口前的教職員室備課。

教職員室跟學校教室一樣寬敞，並排擺著會議室那種折疊椅和長桌。牆邊有書櫃，塞滿了書背上寫有學生名字的「輔導檔案」。

「今天……第三節是牧村同學，第四節是桑原同學。」

我一邊查看授課時間表，一邊小聲確認。

現在是第二節課的時間，跟我一樣從第三節開始上課的講師們都在備課。教職員室放著給學生用的教材，講師會將今天的授課範圍影印下來，再寫上解答稍作預習，或是思考板書的內容，然後各自前去上課。

除此之外，上完課還有撰寫「輔導報告」這項工作，包含今天的授課內容和學生遇到的難題等等，經過員工檢查後放進輔導檔案才能下班，整個流程就是這樣。

我寫輔導報告很沒效率，總是習慣用細小的字寫得很詳細，要花費許多時間在這項工作上。上課以外的時間不會支付時薪，所以每次課堂的前後三十分鐘都在做白工，加起來就是一小時左右。

目前的時薪是一千四百圓，以學生打工來說算是不錯的收入，但倘若把無償勞動的時間算進來，不知道這份工作究竟稱不稱得上條件很好。

我在這間補習班主要教國高中生英文。雖然我表示自己可輔導的科目是「所有文科」，然而很少學生會想要個別輔導國文或社會，反而是能教國文的講師很多，導致我必定經常要去教需求很多的英文。尤其我還有「法應生」這個頭銜，補習班員工似乎因此高估了我的學業能力，常常把教起來很費心的學生交給我，像是以非常難考的大學為目標的升學高中學生等等。

不管教小學生還是高中生，明明拿的時薪都一樣。

「加島老師。」

我為了備課而在影印教材，當影印完畢的瞬間，一名講師朝我說話。

對方是常常在每個星期的這一天遇見的嬌小女講師，看起來是與我年齡相仿的大學生。一直覺得她是個外型清秀乾淨、親和力十足的女生，不過這是她第一次找我說話。

「我想跟你談談牧村惠的事情。」

「咦？啊，好的。」

牧村惠同學是我第三節課要教的國三女學生。她就讀在地的公立學校，馬上就要參加入學考試了，所以目前在輔導她練習志願學校的考古題。

「加島老師是負責教英文吧？我負責的科目是國文。」

「嗯，沒錯。」

我看向她胸口的名牌，上面寫著「海野優子」。在輔導檔案上確實看過這個名字。

與此同時，以前就知道這個講師卻想不起人家的名字，這個事實令我嚇了一跳。再次體認到自己真的太邊緣了。

她特地來找我這種不善社交的人，究竟想說什麼？正在擔驚受怕時，海野老師就露出親切的笑容，彷彿要卸下我的警戒心。

「小惠跟我說：『加島老師又帥又溫柔。』她好像非常喜歡你，最近常常把『考完試就要離開補習班，好捨不得喔』這句話掛在嘴邊呢。」

「……是這樣啊？」

她本人是個內向的女孩，完全沒有那種感覺。反而還以為她可能很討厭我，所以得知這些鬆了一口氣。

在個別輔導上，講師和學生合不合得來很重要，只要學生或監護人提出申請，隨時都可以換掉講師。除了事務性的因素（無法配合上課的日子等等）以外，員工不會告訴講師明確的換人理由，如果自認教得很好卻突然被換掉，就會忍不住胡亂猜測而受到打擊。

不過，我從牧村同學剛升上國三就負責教她，倒是沒在擔心現在才要換人。

「對了，老師。你這個星期六會參加飲酒會嗎？」

海野老師像是突然想起來似的問道。

「咦？飲酒會？」

「對，負責教二年級以上的講師每個月會聚餐一次，說起來還沒看過你參加耶。」

我在這間補習班已經工作將近兩年，還是第一次聽說講師們會去飲酒會。難道只是他們沒有約我，其實善於交際的人都會辦那種聚會嗎？這真是文化衝擊。

「如果你方便的話，要不要來呢？」

「……這樣啊，好的。」

我沒有當即拒絕的膽量，不小心就點頭了。

接著，突然想起一件事。

「……我才十九歲，沒問題嗎（註：日本滿二十歲才能喝酒）？」

海野老師笑咪咪地點頭。

「沒關係，我也是過生日之前就參加了，你可以點軟性飲料來喝。」

「這樣喔……」

不參加的藉口就這樣消失，我呆愣在原地。

「加島老師，你是早出生（註：日本的新年度及新學年從四月一日開始，因此一月一日至四月一日之間出生的人，會比同年出生的人早一步上小學）的那批吧。我是十二月出生的，真高興我們生日很近。」

海野老師朝我露出一個燦笑。

「那我會轉達給幹事，可以跟你要聯絡方式嗎？」

「啊，好……」

「你今天是上到第四節課吧？我也一樣，下班後在休息室見吧。」

「明白了……」

海野老師轉身離去。

我連忙回去做第三節課的準備。

第三節課中，牧村同學的上課情形與往常一樣。即使她在聽我說話時偶爾會對上眼神，那張臉上也沒有笑容或示好的意思。我想起海野老師剛才那番話，簡直是丈二金剛摸不著頭腦，課程就在這種困惑中結束。

休息十分鐘後就要開始第四節課，這節課對我來說很耗費心神，是今天的主要工作。

第四節課的桑原同學念高二。他是就讀東京都私立升學高中的男學生，目標是考取包含國立在內的高偏差值大學。

坦白說，才念大一、大二就要負責教高中生，不管偏差值高低，光是如此就是很需要膽量的一件事。我也覺得自己直到最近為止都還是高中生，面對體格與相貌都差不了多少的學生，實在不好意思以老師自居。再加上他念的是偏差值遠比星臨高中還要高的學校，一開始還在想：「讓我來教真的好嗎？」

輔導桑原同學也快一年了，最近大致熟悉了彼此的個性，教起來輕鬆不少。但要是我心不在焉，他就會不時拋出尖銳的問題或吐槽，所以對這個學生不能輕忽大意。

「……老師。」

上課中，他忽然對我說話。

「其實，我交到女友了。」

他的眼神充滿光采，面頰泛起紅潮。看來不是在開玩笑。

「咦，真的啊？」

我稍微環視周遭。

作為上課教室的地方，是在細分為好幾個隔間的裡面。這層樓排列著無數間以塑膠薄板隔開的小包廂，正面設有白板，空間只足夠擺一張桌子。附近的聲音幾乎都聽得一清二楚，如果遇到密集輔導等人滿為患的時期，每個講師都必須提高音量才能讓學生聽到。

「哪裡認識的？」

附近似乎沒有員工在巡邏，我便順應著閒聊下去。

桑原同學是念男校，應該沒什麼機會認識女生。

「在升學補習班認識的。我們古文是同一班，之前上寒假輔導課一起吃午餐的時候，她就說：『跟我交往吧。』」

桑原同學也有在上升學補習班。考試科目基本上都是在升學補習班跟大家一起上課，比較不擅長的英文則希望能接受一對一的輔導才來這裡上課。

「那很好啊。」

我抱著欣慰的心情輕聲說完，桑原同學臉上便浮現憂愁。

「可是，我向爸媽炫耀後就挨罵了。他們跟我說：『你都快考大學了，交女友是在想什麼啊？小心變笨，快分手吧。』」

「這樣啊……」

我能理解家長會感到擔心。實際上，我在上升學補習班的時候，同班有一對男女學生在高三暑假開始交往，結果男生前五志願統統沒錄取，女生則透過甄選入學考上第一志願。後來，那兩人很快就分手了。真是悲慘的故事。

順便補充一下，我跟他們完全不是朋友，一切都是聽關家同學說的。他非常喜歡聊別人的「分手故事」，為了即時掌握到哪對情侶分手，還會從要好的輔導老師那邊蒐集學生們的愛情故事，聽到自己胃灼熱而變得自暴自棄，活像個重度被虐狂。

當我對這些往事感到懷念時，便發現桑原同學正緊盯著我的臉龐看。

「老師你念高中時有交女友嗎？」

「……嗯，有啊。」

聽到我的回答，桑原同學因為好奇而變得精神煥發。

「是喔，你們從什麼時候交往的？」

「高二左右吧。」

「高三也是同一個人嗎？」

「嗯。」

「考大學時也沒有分手嗎？」

「嗯……」

「這樣啊～」

桑原同學看起來神采飛揚。坦然直率的性格就是他的優點。

「就算這樣還是考得上法應大嘛。我要把這件事告訴爸媽。」

聽到這句話，我便告訴他：

「不過，這是我的情況。」

桑原同學那雙純真的眼眸瞬間凍結了。

「交到女友會變笨還是變聰明，這都要看你自己。」

要是沒有與月愛交往，我絕對不會想考法應大，這種夢想太自不量力了。

我應該不會勉強自己，適度地準備考試，依照模擬考的結果將考得上的大學列為第一志願吧。

直到高三最後一次模擬考為止，考上法應大的可能性都是E。雖然聽關家同學的建議考了好幾個學院，但錄取的只有文學院。

「如果你沒信心變聰明，那還是聽父母的話分手比較好。」

人只要聽到這種說法，都會產生反抗心理。我自己就是如此，所以能明白。

果不其然，桑原同學一瞬間咬緊了嘴唇，抬眸看向我。

「……我會加油的。」

他平靜但強而有力地低聲說道。

少年，加油吧。

看著這樣的他，我在內心送出聲援，然後就繼續上課。

◇

寫完兩人份的輔導報告，我便拿去給主任確認，而主任在報告上蓋印章後說道：

「加島老師，牧村同學下週是最後一次上課。」

「啊……好的，我明白了。」

考試在下週左右就會結束，我也覺得差不多了。

「加島老師，下個年度也能維持一樣的班表嗎？」

「呃……這個的話，要到四月才能確定課表。」

「若你因為就職活動而打算減少節數，要提早告訴我喔。牧村同學那些要考試的學生離開後，留下的空額從二月起暫時不會補上，但要是有不錯的學生進來，想先安排給你教。」

這位矮小的男性主任目測四十多歲，個性沉默寡言，不過該說的事情都會平鋪直敘地傳達給對方知道，我很喜歡這樣。

「還是你反而想排多一點課呢？」

「……呃……」

我不知該怎麼回答，因為自己並不是接下來會變得很忙，而是最近對補習班打工感到有點疲憊。

現在平日放學後有四天在這裡打工，還要再加上星期六一天。負責的學生有十多位。牧村同學這些考生組離開後，桑原同學等私立升學高中的高二生有四人，下個年度他們就要一起迎接大學入學考試，顯然會加重輔導的負擔。

「沒關係，我不勉強你，只是加島老師如果願意多排一點課，我們可是非常歡迎喔。」

不曉得主任是如何解讀我的沉默，他很乾脆地放棄了。那張平時總是沒有表情的臉上，罕見地浮現笑意。

「……好的。」

員工會討好講師是很難得的事情，我輕輕點頭致意便離去。

來到休息室後，海野老師已經在裡面了。

「辛苦了。」

她穿著大衣，從手機抬起視線向我微微一笑。

「啊，對不起，讓妳久等了嗎？」

我連忙道歉，海野老師則笑著搖搖頭。

「沒有，我正打算在回家前回傳訊息給朋友，所以你來得正好。」

我知道這句話的意思是要我別顧慮她，真的是個很好的人。

互換聯絡方式後，準備回家時，海野老師就開口說道：

「不介意的話，一起走去車站吧？」

「……好啊。」

我沒什麼拒絕的理由，便和海野老師一起離開補習班。

「我先走了～」

「我先走了。」

「……辛苦了……」

發現我們要結伴回家，櫃檯另一端的主任又看了我們一眼。我和其他講師一起回家似乎讓他備感意外。的確，這是第一次。

現在還不到晚上十點，車站前鬧區的路燈和店家依舊燈火通明。

海野老師很嬌小，只到我的肩膀左右。跟一個今天之前都沒講過話的人並肩走在路上，這種感覺有點不可思議。

「我從小惠那邊聽說了，老師你是法應生嗎？」

海野老師突然提起這件事。

「對，我算是。」

「真的啊～好帥喔，是法應男耶。」

雖然很多人都會這麼說，但我不知該如何反應而陷入沉默時，海野老師就露出意味深長的表情抬頭看我。

「那你應該很搶手吧？」

「不，完全沒有……」

我全盤否定後，轉念一想又開口道：

「……因為我有個從高中交往到現在的女友。」

「啊，原來是這樣呀。」

海野老師一瞬間斂起表情，但隨即恢復微笑。

「那你們交往很久了吧，有三年嗎？」

「對啊，三年半……左右。」

「真是不得了，你很專情耶。」

海野老師睜大眼睛後，勾起一抹苦澀的笑。

「好羨慕喔，我最近才剛跟男友分手。」

「這樣啊。」

「我們也是從高中開始交往，但他愛上大學同社團的學妹就甩掉我了。」

「哦……」

與第一次說話的對象聊這種太過私人的話題，坦白說，該怎麼搭腔讓我傷透腦筋。

也許是察覺到這一點，海野老師猛然回神，想要緩和氣氛似的笑了笑。

「抱歉，聊這種事讓你很困擾吧？」

「沒有……」

「不過，跟加島老師聊天很輕鬆，好像在跟老朋友說話一樣。」

「…………」

可能因為是邊緣人，我完全沒有這種感覺而有些困惑。只是，女孩子對我表現出親切友好的態度讓我有一點開心。

「那就星期六的聚餐見嘍，很期待能跟加島老師多聊聊喔。」

來到車站前的腳踏車停車場後，海野老師這麼說完便離去了。

「…………」

我感到這一幕似曾相識而佇立在原地，這時口袋裡的手機發出振動。

一看畫面，是她打電話來了。

「喂？」

我趕快按下通話鍵，那熟悉的嗓音就傳入耳中。

『龍斗～！』

「……月愛。」

聽到心愛女友的聲音，雖然人在外頭，我還是自然而然地揚起笑容。

明明因為她沒回訊息而焦慮了一整天，卻在一瞬間就把那種事拋到九霄雲外。

『真的很抱歉！今天完全沒辦法聯絡你～！昨天晚上工作結束後，區域經理突然說要去喝酒，人家睡眠不足，才喝一點點就站不穩了，好不容易才搭計程車回到家，結果就這樣爆睡到早上，醒來時距離出發時間只剩五分鐘，人家心想完蛋了，就用馬赫級的速度淋浴過後做好出門準備，接著又叫了計程車，去公司的路上還要忙著化妝打扮，完全沒空碰手機。』

月愛高三的時候，除了蛋糕店的工作以外，也開始在服飾店打工。她身材好，而且對任何人都很親切，很快就成為備受顧客肯定的店員，畢業後就直接在那間公司上班了。

她目前在新宿時裝大樓的店鋪擔任副店長。

月愛淘淘不絕地繼續解釋。

『然後呀，今天上班遇到特賣會的最後一天，簡直忙翻了。每隔一個小時就會辦限時特賣，客人非常多，試穿和結帳也都大排長龍，而且店長今天休假，還要讓工讀生休息，結果只有人家連吃飯的時間都沒有，回過神時已經八小時沒去上廁所，真的覺得自己快累死了，總算熬到打烊後的收尾工作也結束，現在下班啦～』

「那真是……辛苦妳了。」

只能用慰勞的話語來回應她。

我可是一整天都在留意手機，而她是真的連花個短短幾十秒傳訊息都沒辦法嗎？儘管忍不住產生這樣的疑問，但對於大學生和社會人士而言，時間流動的速度或許也不一樣吧。

除此之外，還有一件很在意的事情。

「……我記得區域經理是男的吧？」

過去從月愛口中聽過幾次這個職稱。

『對對對，是個五十歲左右的大叔，從餐飲業轉行過來的，非常注重上下關係。他常常邀請店長和副店長去喝酒，人家還沒滿二十歲的時候，他就有預告說：「妳生日那天一起去喝酒吧！」這樣。』

「嗯，之前是聽妳說過……」

對方一定是像真生先生那種很強勢的嗨咖大叔吧。真生先生是舅舅倒沒關係，但區域經理只是一個外人，不管怎樣都會讓我心存芥蒂。

「……拒絕那個人的邀約會有麻煩嗎？」

『唔……』

月愛看似傷腦筋地揚起聲音。

『最近呀，他好像想跟人家特別談談一些事情，所以常常來找人家說話。』

什麼！我內心震驚，不過身為邊緣人不可能直接問出口。

「……應、應該是工作上的事情吧？」

『對對對，但感覺是有一點敏感的話題。』

「……意思是？」

『嗯～他還沒有講得很明白，目前似乎只是在試探人家的想法。』

「……？」

好在意……這是怎樣……真的是工作上的事情嗎？那難道不是常見的好色大叔嗎！應該不是想搞婚外情吧！月愛，這沒問題嗎！

不過，服飾業和社會人士的世界對我來說都很陌生，不知道接下來該怎麼問月愛才能得到我想要的答案。

『龍斗呢？你今天過得怎麼樣？』

「咦？嗯～沒什麼特別的啊，就是去上課，然後打工……現在正要回家。」

『這樣呀，你也辛苦嘍！』

她那活潑的嗓音，無論何時都能讓我的心情開朗起來。明明應該是她比較累，為什麼總有辦法展現這麼旺盛的活力呢？

『啊～等等回家後，人家還要照顧陽花和陽菜呢！』

月愛提到的是兩個雙胞胎妹妹的名字。

『人家昨天睡死了，美鈴一個人大概照顧得很累。今晚得幫忙一下才行。』

高中畢業後出社會的六月，月愛的兩個雙胞胎妹妹出生了。那是她爸爸和再婚對象白河美鈴——舊姓福里的那位小姐所生的孩子們。

月愛高三的時候和美鈴小姐化解了隔閡，同年秋天美鈴小姐確定懷孕後，她們便一起住在白河家。

美鈴小姐的懷孕過程並不是很順利，最後幾個月都必須躺在床上過生活。月愛代替工作忙碌的父親，與同住的奶奶一起照顧美鈴小姐，並為了即將出生的小寶寶四處奔波做準備。而在小寶寶平安出生後，不管她工作有多累，回到家還是會幫忙餵奶或換尿布，簡直像第二個媽媽一樣積極地撫育小孩。

『電車快來了，那我掛電話嘍！』

「嗯，謝謝妳這麼累還打電話來。」

確實可以聽到電車抵達月台的行駛聲和廣播。

與月愛講完電話後，我走在夜路上抬頭仰望天空。

一彎細細的新月低懸於天際。

「……月愛。」

如此低喃後，忽然好想見到那張笑靨，胸口有些難受。

◇

最近常常想起關家同學以前對我說過的一番話。

——高中時代的時間密度與之後的生活截然不同。那是一段既寶貴又特殊的日子。

那時候，只要去學校就理所當然地見得到月愛。

還有阿伊和阿仁。

我喜歡的人們總是都待在同一個空間裡。

不用特地相約，每天就能自然地見面、聊天，並且一同歡笑。

這究竟是多麼特別的事情。

如今，我已經有痛切的體會。

「加島老師，你怎麼了？」

當我心不在焉地喝著哈密瓜汽水時，海野老師如此問道。

星期六上完所有負責的課程後，我便來參加講師的飲酒會。

補習班附近明明有非常多店家可以喝酒，聚餐的地點卻特地選在離車站有點距離的居酒屋，似乎是因為要顧慮到學生和家長的感受。

店內光線昏暗，散發沉靜的氛圍，顯然不是供大學生大肆喧鬧的店家，可以感受到幹事的用心，避免大家鬧得太過火。

「沒什麼……就是想了一下事情。」

我回答後，海野老師就微笑著說：「這樣啊。」她真的是個很愛笑的人。

「我可以坐在這裡嗎？」

「啊，好的。」

「那就打擾了。」

海野老師在我旁邊坐下。

宴席是長桌搭配長凳式的座椅。

參加的講師目前有十人左右。這個聚餐從晚上七點開始，我下班後正好趕得上，有些人似乎要上完下一節課才會來參加。

大部分的講師我只認得長相，並沒有說過話，乾杯後雖然配合大家聊了些無關緊要的話題，但其他人漸漸地拿起酒杯去找要好的朋友，至於第一次參加的我，周圍的座位從剛才開始就是空的。真是煎熬。

「說起來，我今天有空堂，就用來準備新學生的教材了。」

喝了一口自己拿過來的飲料後，海野老師這麼說道。從帶柄玻璃杯的設計來看，我猜應該是威士忌蘇打。海野老師身上傳來淡淡的酒香。

「我之後要教高一生英文喔，於是就在挑選英文單字書。有本書我覺得不錯，結果告訴主任後，就聽他說那本書是在加島老師的推薦下引進的。」

「哦……是那本書啊。」

我目前也有在使用，所以很快就想起來了。

「我負責教的桑原同學很不擅長背單字，補習班又沒有好的教材，就跑了好幾間書店，從形形色色的單字書裡選擇適合的教材，然後拜託主任引進那本書。」

「原來是這樣呀，你對工作好有熱忱喔。」

「也不是……因為我並沒有多優秀，看到學生天資聰穎卻沒有找對學習方法而吃虧，就會覺得很可惜，想著自己要怎麼幫忙，沒有上班的時候也一直反覆思考這個問題。」

「真厲害，我可做不到這種地步。你很適合當老師呢。」

海野老師語帶佩服地說完，我的腦海瞬間就響起一道嗓音。

——感覺加島同學似乎適合當老師呢。

想起那可愛甜美且偏高的聲線，還有溫柔的微笑。

「……以前也有人對我這麼說過。」

黑瀨同學。

沒錯……

我一定是受到了那道嗓音的引導。

「現在才想起來……我之所以選擇這份打工，說不定是因為那個人的話語留在了我的腦海裡。」

海野老師點了點頭，靜靜地聽我說話。

「……可是，實際成為補習班講師後，我就搞不懂自己是不是真的適合當老師了。」

可能是海野老師說了跟黑瀨同學一樣的話，我忍不住就對她說出內心的真實想法。

「最近覺得有點累了。」

我喝的是哈密瓜汽水，不能推託是喝醉的緣故。

「在大學也有選修教育學程的專門科目……但老實說，像我這樣的人，或許不要從事教師工作會比較好。為了保護自己的心靈……」

「海野老師～！」

這時，擔任幹事的井本老師從桌子對面朝這邊喊了一聲。

井本老師的年紀應該比我大。從我開始在補習班工作的時候，他感覺已經待很久了，可能是大三、大四生，又或者是研究生吧。這位男講師高高瘦瘦的，看起來有點像宅男，但個性活潑開朗，在學生之間也很受歡迎。

「聽說丸山老師是合唱團的喔！你們應該會很聊得來吧？」

「咦，真的嗎？」

海野老師拿著玻璃杯站起身。

「不好意思，加島老師，才聊到一半……」

「不，沒關係。」

看著海野老師離去的身影，我心想：她也是合唱團的嗎？

我對她一無所知，連就讀哪間大學都不清楚。

甚至從未冒出想了解她的念頭。

我一邊思考這種事情，一邊喝下冰塊融化後幾乎沒什麼味道的哈密瓜汽水。

明明身處格格不入的環境，結果我還是在這場聚餐中待到最後。因為不敢說出「我先走了」這句話，連暫時承受眾人目光的勇氣都沒有。

「要續攤的人過來～！」

井本老師在人行道上往店家那一側靠近，然後大聲喊道。他看似醉意不輕，滿臉通紅，還踩著踉踉蹌蹌的腳步。

現在已經是晚上十點半，跟我一樣住在本地的老師好像很多，大家都沒在擔心趕不上末班車。明天是星期日，補習班基本上沒課。

「好～那我們去下一間店吧～」

沒有人在意我要不要參加續攤。就這樣悄無聲息地回家吧……於是，正當我往車站的方向邁出步伐之際——

「加島老師。」

背後傳來呼喚聲，接著肩膀旁邊冒出一顆腦袋。

是海野老師。

「你要回家了嗎？」

「咦？對……」

「我也要回家，一起走一段路吧。」

「……好啊……」

我找了一下其他要回家的人，但往車站走的只有我們而已。

「……妳不參加續攤嗎？」

海野老師跟我不同，她看起來和大家都很要好。

「不了，星期一還有報告要交，我今天不想太晚回家。」

「原來是這樣啊。」

「而且我和加島老師才聊沒幾句，明明是我找你攀談的。」

她果然很在意這件事啊。真是個守禮的人。

「你今天玩得開心嗎？」

「嗯～這個嘛……」

我不想說謊，便斟酌著用詞。

「……如果能喝酒，可能會更開心吧。」

「哦～說得也對，真不好意思。你幾月生日呀？」

「三月，比較接近月底。」

「還很久呢。那麼，請你下下個月的聚會要再來參加喔。」

「哈哈……」

我完全是在陪笑。好不容易等到人生中第一次喝酒，希望能參加的是更快樂的聚會。

我們就在有一搭沒一搭的閒聊中來到車站前面，但即使經過上次那個腳踏車停車場，海野老師也沒有離開我身邊的意思。

「……妳今天沒有騎腳踏車嗎？」

我好奇一問，她便點點頭。

「對，因為要喝酒，我就走路過來了。」

「啊……」

原來是這麼回事。騎腳踏車也會構成酒駕嗎？

「妳家很近嗎？」

「沒有，從車站要走十五分鐘左右……」

的確，要是很近的話，她就不用騎腳踏車了。

「那妳打算走路回家嗎？」

我這麼問道，而海野老師游移著視線。

「對……我的家人都很早睡，沒辦法請他們來接。」

「……妳每次都是走路回家嗎？」

「我在這種聚餐通常會參加續攤，所以都是井本老師送我回家，因為順路的關係。」

「……這樣啊……」

氣氛變得好像非得送她回家不可，這讓我感到坐立難安。

想起高二時的事情。

與黑瀨同學絕交的那天。

我和她在回家的半路上揮別彼此。

過沒多久，她就在沒有人的神社遭到色狼襲擊。

「……妳要不要考慮搭計程車回家？女生獨自走夜路很危險。」

聽到我這麼說，海野老師就露出傷腦筋的表情。

「……還沒到發薪日，我錢不夠。今天只帶了參加聚餐的錢，手機裡也沒有餘額……」

「…………」

有這種事？步行十五分鐘是付起跳價就能到的距離，即使算進夜間加成的費用也不到一千圓吧。

還是說，是為了讓我送她回家才採取這種權宜手段？

若是如此，她的目的是什麼？

——法應這塊招牌真的太厲害了，只要聽到是法應男，女生的眼神都不一樣了。

輕浮法應生的這句話掠過腦海，我便恍然大悟。

——我從小惠那邊聽說了，老師你是法應生嗎？

也想起海野老師說過的話。

——真的啊~好帥喔，是法應男耶。

——我最近才剛跟男友分手。

說起來，她還提過這種事。

「…………」

不，應該是我自作多情了。

像海野老師這樣親和力十足的女生，不需要特意倒追我這種邊緣人，想當她男友的人要多少有多少吧。

「沒關係，我會走路回家。雖然附近有一個沒裝室外燈的公園，經過那裡會有點可怕，但除此之外都很安全。」

海野老師說著這種話，臉上還帶著笑容。

「…………」

現在回想起來，我的高中時代過得很精彩。

然而，如果要說起高中時代唯一的遺憾⋯⋯

那就是黑瀨同學。

我當時沒有為她做到一件事。

因為沒有做到那件事，內心深處至今依然感到後悔不已。

那時候的我，既窮又不成熟，完全不懂得如何與女孩子相處，不知道正確的處理方式是什麼。

海野老師並不是黑瀨同學。

我不認為這麼做就能向黑瀨同學贖罪。

但是，當時沒能為黑瀨同學做到的事情，希望這次能為海野老師做到。

「請妳去搭計程車吧。」

走到車站前的計程車搭乘處，聽到我這麼說，海野老師的表情就更困惑了。

「可是我現在真的沒錢⋯⋯走路回家就不用花錢了。」

「這個妳拿去用吧。」

我從錢包取出一千圓，向海野老師遞過去。

「但我還不出錢耶。」

「不還也沒關係，我只是很擔心妳。」

海野老師沒有拿錢的意思，我便把一千圓塞進她揹在肩膀上的包包裡。

如果我當時也有對黑瀨同學這麼做就好了。

而不是在半路上就拋下她。

不過，實在沒想到黑瀨同學會在那種地方遇到色狼。

本來以為我知道女性很容易遭遇那種危險，但或許是真的一點也不了解吧。

即使如此，還是不能獨自送一個可能對我有意思的女性回家。

我想親眼看著對方平安回到家的，只有心愛的女友……月愛一人而已。

因此，只能這麼做。

「可是……」

海野老師還是不情願。

「妳就當作是為了我好，用這筆錢搭計程車吧，拜託了。」

也許是被我的懾人氣勢嚇到了，海野老師往計程車搭乘處靠近一步。

司機打開車門，她便無可奈何地坐進後座。

我稍微將頭探進計程車內，對她說：

「錢真的不用還，別擔心。只要妳能平安回家就好。」

「…………」

海野老師什麼都沒說，一臉尷尬地看著我。

我從計程車退開一步後，車門隨即關上。

車內的海野老師正在跟司機說什麼。

計程車不久後便開走，快速駛離圓環。

後方的計程車接著開進搭乘處，讓前來搭車的醉客上車後又開走了。

大概是正逢新年會的季節，星期六深夜的車站前面有好幾個站都站不穩的大人。這些成群結伴的人們講話都很大聲，看起來開心得不得了。

「…………」

注視著那樣的情景一會兒後，沒有喝醉的我靜靜地踏上歸途。

◇

「加島老師，這個給你。」

隔週，上完大學的課，來到補習班工作時，在休息室遇到了海野老師。

她向我遞出一個東西。

我一看，發現那是花紋很漂亮的禮金袋。

「這是你之前借我的一千圓，謝謝你當時的幫忙。」

「咦……哦，不會。」

她不是沒錢還嗎？雖然我感到疑惑，還是順勢收下了。

「小惠今天是最後一次上課，她昨天也在感嘆很捨不得喔。」

海野老師若無其事地向我說道。她還是一樣這麼親切和善。

「那我先走了。」

留下還沒備課的我，海野老師握住休息室的門把。

接著，她像是改變了主意，再次轉向我。

「……我很羨慕老師的女朋友，能夠讓像你這樣忠誠的男生一直珍惜著。」

海野老師微微垂下頭，帶著靦腆的微笑說完這句話後，抬頭看我。

「祝你們幸福……這句話可能用不著我來說就是了。」

她在最後對我露出俏皮的笑容，這次真的離開了休息室。

直到最後一節課，牧村同學還是對我很冷淡。

兩星期之後，我在講師休息室聽到「海野老師和井本老師開始交往了」這個講師之間的八卦。

◇

——我很羡慕老師的女朋友，能夠讓像你這樣忠誠的男生一直珍惜著。

我真的有好好珍惜月愛嗎？

畢竟，曆法已經邁入二月，今年卻還沒有跟月愛見到面。

新年假期時，我打工的地方有寒假輔導課，從早到晚都排滿了考生的課程。

月愛通常是平日休假，而我平日要去大學上課，所以開學後兩人的時間就一直兜不攏。

而且月愛白天上班，晚上還要照顧妹妹們，這一年半來處於萬年睡眠不足的狀態。即使是休假日，她也要忙著接送妹妹們上幼兒園，並且要在大量的尿布上寫名字，還有出門採買離乳食品等。

既然會變成這樣，果然應該在畢業後搬離老家自己住吧？雖然我這麼想，但年紀相差很多的妹妹們似乎太過可愛，她本人一句怨言也沒有，每天都充滿活力。

如此忙碌的月愛，突然打電話給我了。

星期六晚上，打工結束返家之後，吃完晚餐回到自己房間就接到電話，大概是晚上九點左右。

「喂？」

我知道自己的聲音因迫不及待而顯得很雀躍。

但下一瞬間，我的思緒就停止了。

『加島同學？好久不見。』

「……！」

驚訝之餘，我將手機從耳邊拿開，看了看來電者。這毫無疑問是月愛打來的。

「……黑、黑瀨同學？」

『抱歉突然打給你。我今天來白河家了，月愛說手機可以借我用，就打電話給你了。畢竟又不曉得你的聯絡方式。』

她的說話聲夾雜著小孩子的叫嚷聲和電視播著兒童節目的聲音，要聽清楚是件非常困難的事。空檔之間還可以聽到月愛說：『陽菜，該睡嘍！不然會把陽花吵醒的！』

看來她確實是在白河家。

「……妳、妳有什麼事？」

因為那邊很吵，我也不由得拉大嗓門。

『加島同學，跟你說喔，我目前在飯田橋書店的漫畫編輯部打工。』

「哦……月愛有跟我說過，妳真厲害呢。」

飯田橋書店是一般人都知道的大型出版社。

『一點都不厲害啦，還不是靠關係。』

黑瀨同學略帶自嘲地笑了笑。

我聽月愛說，黑瀨同學就讀立習院大學二年級，隸屬文學院國文系，放假的時候經常在看書，正按部就班地朝著成為編輯的夢想前進。

『我是經過真生舅舅的推薦才進去的。』

「哦，真生先生啊……」

這麼說來，那個人的頭銜好像是「旅行作家」。據說主要是在網路上寫文章，不過他其實差不多一年會出一本書，當然知道出版社的門路。

『可是呢，最近除了我之外的工讀生都陸續辭職了。』

黑瀨同學的語調沉了下來。

『大家都是對編輯懷抱憧憬才來應徵的，但派給工讀生的全是打雜的工作，好像就因此失去了動力。』

「這樣啊。」

『然後呀，打雜還是有很多事情要做，剩下我一人實在做得很辛苦，就算招聘也沒那麼快就能來上班。出版社的員工跟我說：「可以介紹妳認識的人來打工喔。」但在我認識的人當中，能夠在大型出版社工作的優秀學生，而且絕對不會不負責任地辭職的人，只想得到加島同學了。』

「咦？」

面對突如其來的發展，我不禁倒抽一口氣。

『我找月愛討論過後，她說：「那就拜託看看吧？龍斗或許會答應唷。」所以才借她的手機打電話給你。』

她模仿起月愛的聲音還是一樣非常像。

『你覺得怎麼樣？有興趣來編輯部打工嗎？如果運氣好，還可以見到知名漫畫家，甚至是看到當紅漫畫發售前的原稿喔！』

「…………」

那是我從以前到現在完全沒有想像過的世界，暫時陷入茫然。

但是……

內心深處萌生一個念頭。

像這樣的變化，說不定能拯救我脫離現在這股壓抑感。

『……你覺得怎麼樣？』

黑瀨同學語氣謹慎地又問了我一次。

「……我想，應該可以試試看。」

『咦！』

明明是黑瀨同學的提議，她自己卻嚇了一跳。

『你願意……幫忙嗎……？』

『欸，海愛～！能幫人家把那邊的尿布拿過來嗎～！』

這時，月愛的聲音穿插進來。

『龍斗說他願意幫忙？真是太好了呢！』

聽到她的聲音，我有些放心了。

——但因為對方是海愛……人家不能就這麼算了。

她之前對我說出這句話時的側臉，至今依然烙印在腦海中。

現在跟那時候不一樣了。

她很信任我，即使我要跟黑瀨同學一起打工也不會介意。

當然也信任著黑瀨同學。

黑瀨同學是我唯一的遺憾。

從絕交的那一天起，經過三年又數個月後，突然接到她的電話。

這個時候的我，已經隱約有所預感。與她展開的全新關係，將會為我無聊的大學生活帶來波濤洶湧的變化。

# 第二章

「哎呀～真不好意思，加島同學，才第一天就讓你直接上工。」

傍晚的編輯部，我回報自己完成指派的工作後，員工藤並先生笑著這麼說道。

在黑瀨同學的介紹下，我來到飯田橋書店的漫畫雜誌編輯部，經過簡單的面試並辦好行政手續後，立刻就開始在這裡打工了。

藤並先生是男性員工，年紀大概在二十五到三十歲之間，似乎是個負責很多作家的忙碌編輯。他身材中等，有一張不太會給人留下印象的和善面孔，而且待人也很親切，像我這種邊緣人就不會感到畏怯。

「黑瀨同學說你不僅做事認真又很優秀，所以我本來就知道你不錯，但超出了我的期待喔。」

「哪裡，這些工作也不需要動腦……」

我謙虛地說完後，發現這句話聽起來很像是瞧不起指派的工作，心中一慌，不知該如何是好。

然而，藤並先生似乎沒有放在心上，臉上帶著溫和的笑容。

「不，即使是乍看之下不需動腦，誰都會做的工作，聰明的人做起來就是效率比較好，這我看得出來喔。」

「……是……謝謝您的稱讚。」

他反而稱讚了我一番。真是成熟的應對……我不敢當地縮縮脖子。

「辛苦了，你可以下班了。雖然還有點早，不過黑瀨同學今天就做到這裡，你們一起回去吧？」

聽到藤並先生的話，在對面桌子看似正在整理資料的黑瀨同學便停下了手。

「好的，謝謝您。」

於是，我們兩個就一起回家了。

時間還不到晚上七點。

若是平常，星期三都要去補習班打工，但那天負責的學生全是考生，所以從二月起這天就空出來了。大學已經開始放春假，我是在對方指定的下午兩點從自家來到編輯部。從公司窗外的景色就看得出來，外頭的天色已完全變暗。

「加島同學，你肚子會餓嗎？」

快到車站前的時候，黑瀨同學問道。

「……啊，嗯，會啊。」

儘管有一瞬間的猶豫，但我確實從兩個小時前就有點餓，不能說謊。

黑瀨同學抬頭看我，嘴角揚起一抹笑意。

「不介意的話，要不要去喝一杯呀？」

說完，黑瀨同學笑了笑。不知不覺間，她的臉龐看起來已經是個成熟女性。

◇

「啊，原來如此，加島同學才十九歲呀。」

掀起店家的門簾入座之後，黑瀨同學如此說道。因為我有跟她說自己不能喝酒。

「沒有多想就帶你來居酒屋了，真抱歉。」

「不會，沒關係。妳一個人喝吧，不用管我。」

的確，現在已經二月，幾乎所有同年級的學生都到了可以喝酒的年紀。除了月愛，我經常一起吃飯的只有久慈林同學，但他不喜歡喝酒，所以直到最近都沒怎麼想過這個問題。

「嗯，那我就不客氣嘍。」

黑瀨同學稍微瀏覽過桌上的菜單後，向店員舉起了手。

「一杯生啤……加島同學呢？決定好了嗎？」

「呃，啊……請問有可樂嗎？」

「有的，所以是生啤一杯，可樂一杯吧。」

店員離開後，我再次環視店內。

店內走明亮的日式風格，環境小巧舒適，氣氛介於大眾餐館和居酒屋之間。看到貼在牆壁上的價目表大多是便宜的菜色，感覺是男人們下班後小憩片刻的地方。

「來，生啤一杯，可樂一杯～」

與點餐時不同的店員走過來，將冒著白色泡沫的啤酒杯放在我面前。

「我就知道會變成這樣。」

坐在對面的黑瀨同學露出苦笑，幫忙把放在她那邊的可樂玻璃杯換過來。

「為加島同學第一天上班乾杯～！」

她歡快地說完，用自己的啤酒杯敲了一下我的玻璃杯。

「乾杯。」

我喝了一口可樂就放在桌上。

黑瀨同學拿著啤酒杯就口後，使勁抬起啤酒杯，彷彿要將白色泡沫全部吸光一般咕嘟咕嘟喝了起來。

「……呼啊～！打工結束來杯啤酒真是太爽了。」

她伸舌舔掉嘴唇上方沾到的白色泡沫，然後放下啤酒杯。那皺眉笑著的模樣完全就是個無酒不歡的人。

「……妳很喜歡啤酒嗎？」

「對呀，不過任何酒我都喜歡啦，就燒酒有點接受不了吧。」

「這樣啊……」

從她高中時的清純氣質實在無法想像現在的模樣，我感到太過意外，想不到能說什麼。

「我好像酒量滿不錯的，月愛就很不會喝。我們一起喝酒，她通常很快就醉倒了。」

「……這樣啊。」

月愛和我一起吃飯的時候，都會配合我點無酒精飲料。雖然她本人看起來也沒那麼愛喝酒，但原來她和黑瀨同學在一起時都有在喝啊。

從儼然是陌生成熟女性的黑瀨同學身上，得知月愛從沒對我展現過的一面，總感覺十九歲的我被獨自拋在後頭。

「……不過，月愛那麼不會喝，可能是平常太累了吧。」

黑瀨同學的視線忽然飄向其他地方，然後說了這句話。

「她真的很努力呢，我之前見到她也是這麼想的。」

應該是指前幾天她用月愛的手機打電話給我的時候吧。

「美鈴小姐好像還沒有完全康復，聽說到現在都還要去醫院拿藥。」

「……咦？」

我目不轉睛地盯著黑瀨同學，不明白她在說什麼。

黑瀨同學則對我投以疑惑的眼神。

「……月愛沒告訴你嗎？美鈴小姐有『產後憂鬱症』的事。」

這是怎麼回事……我愕然屏息，黑瀨同學便說明了。

據說美鈴小姐接受不孕症的治療，歷經千辛萬苦才終於懷上孩子，又因為早產徵兆而臥床不起，接著突然就成了雙胞胎的母親。腹部的傷口都還沒有癒合，就這樣展開暴風雨般的育兒生活，本來就很艱苦的新生兒時期宛如雪上加霜，她同時還在煩惱自己產不出母乳的體質，所以精神上就完全撐不住了。

她的丈夫，也就是月愛的父親工作很忙，幾乎不管家裡的事情。

她的婆婆，也就是月愛的奶奶雖然會幫忙買東西、洗衣服和煮飯，但可能是有所顧慮，照顧小寶寶的事情一概不插手。

美鈴小姐結婚前一直住在關西，身邊沒有父母手足和朋友能夠就近協助。

所以，為了多少幫上美鈴小姐一點忙，月愛就開始積極地攬下照顧妹妹們的工作。這就是事情的來龍去脈。

「……原來是這樣……」

「你別說是我告訴你的喔。月愛大概是顧及美鈴小姐的隱私才沒跟你說的。」

說明完畢後，黑瀨同學又抬起啤酒杯大喝一口。

「不過，加島同學，因為這樣你都沒跟月愛見到面吧？你可能會覺得她幹嘛要為了同父異母的妹妹們拚成那樣，但其實背後有這些原因。」

「嗯……」

「她就是人太好了。」

黑瀨同學瞇眼這麼說道，跟我對上視線後，便露出親切的微笑。

「我想你也知道吧。」

「……嗯……」

當我正沉浸於感慨之際，黑瀨同學像是察覺到什麼似的開口道：

「對了，我們點些東西來吃吧。」

她攤開菜單遞給我。

「你愛吃什麼就點。身為打工前輩，今天我請客。」

說完，黑瀨同學微微一笑。我過去從未見過她那樣輕鬆自然的態度，是個極富魅力的成熟女性。

◇

隔週，我和某人約好吃飯。

「嗨，山田。」

看到關家同學在約定地點——池袋的貓頭鷹像前舉起手，我不由得苦笑。

「這個稱呼好久沒聽到了。」

「不知為何，突然就想起你還是高中生的時候了。」

我和關家同學到現在還是會每隔幾個月就一起吃頓飯。

「你長大了啊。」

在人工照明下，車站前面比白天還要明亮，我和關家同學並肩走起來，他看了看我後，瞇起雙眼。

「咦？有嗎？升上高二後我只有長高一公分耶。」

我不覺得自己和關家同學的身高差在那之後有縮小。

「很膚淺耶。我指的不是那個，應該說是大人的威嚴吧？無與倫比的法應男果然就是不一樣。」

「你在講什麼啊？」

又聽到了對我而言時機很湊巧的關鍵字，我的心情變得很複雜。

「看得出來喔，你這三年來的成長。畢竟，我一直是老樣子啊。你整個人好閃耀耶。」

關家同學今年依然在準備考試，和山名同學的關係也跟三年前一樣。

他一直埋頭念書，連跟女友見面的時間都沒有，所以我不可能主動約他，每次見面都要配合關家同學的時間。這次是因為已經邁入二月中旬，考試應該告一段落了吧。

「你最近跟女友怎麼樣？她還是很忙嗎？」

我們沒預約就走進一間燒肉店，在餐桌對面坐下的關家同學如此問我。

店員過來為烤爐點火後，他就這樣不著痕跡地向我打探。

「很忙啊……說不定一輩子都會這樣下去。」

「這是怎樣？簡直就是我的重考生活啊。是說根本一點都不好笑，太不吉利了吧。」

吐槽自己後，關家同學自己笑了起來。

「不過，只是忙著照顧妹妹就算了，小孩子總有一天會長大的。」

關家同學淡淡一笑，目光投向遠方。

「……我也得適時放棄才行啊。」

他低聲說道，臉上浮現一抹哀愁。

「一直靠父母養，供我吃，還讓我去升學補習班……那些應屆考上四年制大學的同學，可是從四月起就要成為社會新鮮人了。」

我不知該如何搭腔，關家同學則抬眸朝我一笑。

「這次是最後一次了。所以，我今年不是只有考醫大和醫學院而已。已經錄取了幾間學校，總算是能當上大學生了吧。」

「……醫學院的結果還沒出來嗎？」

我一邊希望他不要說這種話，一邊開口詢問，而關家同學就略帶自嘲地笑了笑。

「目前有公布結果的都沒考上。不過，有幾間還沒舉行考試。」

「咦，你在這麼重要的時期跟我來這種地方沒關係嗎？」

我忍不住發出驚呼，關家同學則一臉奇怪地看著我，順手用夾子把正好送上桌的肉片放到烤網上。

「我這四年來都在念書，如果只因為考前跟你吃了兩個小時的燒肉就落榜，這種學業能力橫豎都考不上任何學校啦。」

「…………」

的確很有道理，但我指的是心態上的問題。

「……我已經累了。」

驀地，關家同學像是洩氣似的喃喃說道。他將一隻手肘放在桌上，姿勢稱不上是撐著臉頰，而是橫放著手肘將臉靠在上面。

「好想山名。」

聽到這句話之際。

忽然間——

我發現關家同學找我出來，可能就是為了傾訴這句心裡話。

「……真羨慕女人啊，隨時都說得出『好想你』這種話。」

關家同學無聊地用夾子翻著烤網上的肉片，抱怨似的嘀咕道。

我看不下去他如此軟弱的一面，於是終於開口說：

「……即使是男人，想說的時候說出口不就好了嗎？」

關家同學停下拿著夾子的手，看向我。

「你大可親口對她本人說『好想妳』啊。」

臉上一瞬間閃過吃驚之色後，關家同學注視著我。

「……那你說出口了嗎？」

這次換我露出吃驚的神情。

關家同學看我的眼神像是在自嘲，又像是飽含同情，接著說道：

「明天是二月十四日吧？」

◇

三年前的情人節，我收到月愛親手做的法式巧克力蛋糕。

下一年，以及再下一年……也就是去年，雖然沒有親手製作的蛋糕，但我們好幾個星期前就說好要約會，還收到了知名品牌的巧克力。

至於今年。

月愛並沒有問我十四日的安排。

而且今天也沒收到她的訊息。

難道又是「區域經理」嗎？

沒有在社會上做過需要承擔責任的工作，也不能喝酒，對大人的世界一無所知讓我感到很不甘心。

——那你說出口了嗎？

夜晚，我躺在自己房間的床上滑手機時，想起了關家同學所說的話。

「……可是，如果現在提這個，感覺就只是個想要巧克力的男人而已啊……」

我煩惱不已，盯著和月愛的訊息畫面，正在猶豫要不要按下通話鍵。

這時，月愛打電話過來了。時機太過剛好，一瞬間還以為是自己按下了通話鍵。

「月、月愛！」

『龍斗～！今天也很抱歉！區域經理昨晚又來約人家了。』

「……！」

果然是這樣啊……

我的胃頓時沉重起來，但身為交往三年半的男友，必須展現應有的從容。

「這、這樣啊，妳很難為吧，辛苦了……」

『龍斗……』

月愛的語調忽然變得軟軟甜甜的。

『人家好想你喔……』

她的聲音很不安。剛才那一刻，我貼在手機上的耳朵，彷彿感覺到因月愛的吐息而顫動的空氣。

想起關家同學之前說過的話，我胸口一陣苦悶。

「……我也很想妳啊。」

我不由得低聲說道，月愛聽到便驚訝地倒抽一口氣。

『真的？』

「嗯，我一直都非常想妳……每天都在想。」

月愛是社會人士。

我有學生應盡的本分。

我們當然沒辦法像以前一樣見面。我都會這樣告訴自己，容忍遷就地過著每一天。

其實，現在也想每天都見到月愛的笑臉。

想見到這個我決定要珍惜一輩子，僅此一人的特別女性。

『龍斗……』

月愛的聲音有些動搖。

接著，她向我詢問的時候，語氣已經轉為堅定。

『那我們見面吧，就這麼決定了。明天晚上你有空嗎？』

「咦！可、可以嗎？」

我應該對這個提議感到高興，但太過突然了，不禁感到心慌。

『嗯，昨天喝酒的時候，我們的店長也在，她說：「露娜最近常常被叫來幫忙，看起來快累壞了，明天妳可以早一點下班喔。」』

「這、這樣啊……」

我在搭腔的同時，內心也鬆了口氣。原來她不是單獨與區域經理喝酒啊，太好了。而且店長是女性。

『……那麼，人家很期待明天唷！』

決定好見面地點後，月愛歡快雀躍地說道。

「嗯，我也很期待。」

我抱著振奮的心情掛斷電話。

關家同學有跟山名同學聯絡嗎？腦袋一隅如此想著。

◇

晚上七點前，我在新宿車站前和月愛碰面。

「龍斗～！」

好久沒見到月愛，她還是那麼惹人憐愛。雖然沒辦法說得很具體，但她好像又變得稍微更漂亮了。

自從月愛開始在服飾業工作後，她確實更加時尚了。山名同學和谷北同學在高三的時候也這麼說過，所以我可以帶著自信說出這個感想。

「我們走吧，人家訂好餐廳了。」

「啊，這樣啊……謝謝妳，真不好意思。」

「不會、不會～因為人家實在太期待了嘛！」

說完，月愛像是要閃避擁擠人潮似的靠近我。她的手指輕柔地纏繞上我的左手手指，然後用力握住我的手。

好溫暖。

能感受到月愛肌膚的觸感。

我胸口躁動不已，真的好喜歡她。為什麼自己有辦法忍受這麼長時間不見面呢？我打從心底感到不可思議。

無論經過多少年，我始終深愛著月愛。

月愛訂的餐廳是帶有成熟感的西式餐酒館。沿著牆壁設置的透明酒櫃裡排列著整齊劃一的瓶子，營造出時尚氛圍。

我們走在其中，被帶到店內深處的包廂。這裡擺著兩張雙人沙發，中間隔著一張桌子，是可以關上拉門的獨立包廂。

「剛好有空的包廂就訂了，大概是別人取消的吧？人家是早上搭電車時上網訂位的。」

「原來是這樣啊，謝謝妳。」

我有些緊張地在豪華沙發上坐下，面對月愛。

店員離開後，我和她一起看菜單。

「這裡呀，是區域經理常常帶人家來的餐廳。涼拌章魚超好吃的唷，人家就想讓龍斗嘗嘗看。你很愛吃章魚吧？」

「嗯，我想嘗嘗看。」

「另外，炙烤蘑菇也很棒喔！很大一朵，還以為是香菇呢。人家第一次吃的時候真的超興奮的！」

「哦？感覺真好吃。」

畢竟已經認識很久，月愛非常清楚我喜歡吃什麼。

「那麼，點人家推薦的可以嗎？」

「嗯。」

「再來是飲料……」

月愛準備翻開的是軟性飲料的頁面，我便替她翻到酒精類飲品那一頁。

「沒關係，妳喝吧。」

「啊，不用啦，我們用葡萄酒風味飲料乾杯吧～！」

她笑著合上菜單，按下呼叫店員的按鈕。

「人家總是喝一杯就醉了，今天想好好品嘗一下料理嘛。」

月愛應該是在配合我，但她和顏悅色地笑著，感覺不到有任何一絲勉強。她依然如此溫柔，在我眼中分外耀眼。

然而，面對宛如天使一般的她，我心中卻有些許疙瘩……

月愛點的每一道料理都正中我的喜好，味道很棒。

津津有味地享用美食直到稍微填飽肚子後，我心情忐忑地環視包廂。

這裡的裝潢以黑白色為基調，簡單但可以讓人沉澱下來。牆上掛著幾幅繪有幾何圖形的畫作，可能是所謂的現代藝術吧。

一想到月愛和其他男人在氣氛這麼好的地方用餐的畫面……我的內心就無法抑制地騷動

起來。

「……妳和區域經理也總是在包廂吃飯嗎？」

我戰戰兢兢地開口問道，而月愛則輕輕搖頭。

「沒有，他真的是一時興起才約人家的，從來不會訂位。每次都是臨時打電話給餐廳，如果沒位子就去其他餐廳。包廂不先預約是不會有空位的喔～」

「原來是這樣啊。」

我稍微鬆了口氣。

「去洗手間會從這裡的前面經過，人家就想『原來有包廂呀～好想跟龍斗一起來唷』，所以是人家自己注意到的而已。」

說完，月愛凝視著我，接著揚起調侃的笑意。

「……龍斗，你該不會是在吃區域經理的醋吧？」

「哪、哪有，才不是……」

被說中心事，我一時無法轉圜，整個人變得驚慌失措。

月愛見狀，感到有趣似的笑了。

「你放心，他只是一個活潑開朗的大叔啦，而且還有非常漂亮的太太和超～級可愛的女兒呢。」

「……可是，就算這樣，還是有人會出軌啊……」

聽到我的話，月愛的表情瞬間黯淡下來。

「……也對。」

「啊……」

我是想到藝人的例子才這麼說的，但其實月愛的父親也是如此……想起這件事，心中一陣焦急。

「呃……那個，不過，我並不是在懷疑他跟妳有不倫的關係，只是希望妳沒有遇到性騷擾這類不愉快的事情……」

我絞盡腦汁說出這番話來補救，月愛則抬起頭微微一笑。

「這樣啊，謝謝……龍斗果然很溫柔呢。」

低聲說完，她泛起一抹輕柔笑容，像是要我放心。

「但是，真的沒問題啦。他不是只約人家而已，還會約很多店長和副店長喔。如果他是那種色瞇瞇大叔，以現在這個時代來說，馬上就會在公司引發問題吧？」

「的確……」

所謂的公司，看來還是比想像中嚴謹很多。我感到有點慚愧，但心裡還有未除的疙瘩。

「可、可是，妳之前不是說過嗎？『在試探人家的想法』什麼的……」

「哦～那個呀……」

月愛像是想起來似的說著，表情變得很嚴肅。

「其實呢……」

她的語氣帶著一絲僵硬，準備將事情告訴我。

這時，安靜的包廂響起振動聲，月愛將手伸進包包翻找後，拿出正在發光振動的手機。

「啊，是奶奶。會是什麼事呢？她很少這麼晚還打給人家……」

月愛看著畫面喃喃說道。

「快接吧，說不定是急事。」

「嗯……」

往門的方面看了一眼後，月愛按下手機的通話鍵。應該是認為在包廂講電話沒關係吧。

「……奶奶，什麼事？」

她有些顧慮地壓低聲音問道。

『月愛，離乳食品放在哪呀？』

也許是因為平常講話就鏗鏘有力，我不需要仔細傾聽，就可以聽到手機聽筒傳來奶奶的說話聲。

『美鈴她啊，說要去有點遠的藥局買東西，讓我幫忙顧孩子然後就丟下陽菜她們了～結果兩個孩子馬上哭了起來，好傷腦筋呀。她們難道是肚子餓了嗎？美鈴完全沒有交代這方面的事情耶。』

「奶奶，她們應該不是肚子餓喔。」

月愛很冷靜。

「美鈴都會在固定時間餵她們吃飯，所以現在大概是睏了吧。妳可以抱抱她們嗎？」

『咦？抱抱？抱哪個？』

「兩個都要呀。」

『不可能啦～一個就很重了，我的腰會犯疼的。』

「妳坐在沙發上，一手抱一個就沒問題了。貼緊胸部和肚子就能讓她們感到安心，不會再哭喔。」

『就算叫我這麼做～我又不是孩子的媽，也不是妳呀……』

奶奶感覺很為難地說道：

『欸，月愛，妳今天也會很晚回家嗎？』

月愛偷覷我一眼後，帶著堅定的表情開口說：

「嗯，對不起，今天有重要的事情。人家儘量不會太晚回家啦，而且美鈴買個東西應該很快就會回來。」

『真的好傷腦筋啊，一個就算了，這可是雙胞胎呢……只有我一人實在很不安。孩子們沒有媽媽照顧也會很不安吧。』

「要這麼說的話，人家也不是孩子的媽媽呀，一開始確實很不安。不過放心吧，奶奶和我們都是一家人喔。」

如此說道的月愛臉上漾起溫柔的微笑。

「人家覺得呀，小孩子都會喜歡陪伴在身邊，無條件地對自己好的人吧。所以說到底，就算不是家人，還是能夠代替媽媽照顧孩子的。」

看著月愛帶著溫和的笑容說出這番話，我便明白她平常對同父異母的妹妹們投注了多少感情。

這麼做是為了幫助美鈴小姐……或許她一開始是抱著這樣的心情。

然而，並不是只有義務感而已。

月愛深愛著妹妹們。

這就是她即使工作很累，依然能努力下去的原因吧。

而且，透過她和奶奶的通話，我可以感受到她在如今的白河家扮演著多麼重要的角色。

在這之後，奶奶還是不斷對月愛發牢騷，不過——

『……啊，美鈴回來了，謝天謝地。』

她忽然爽快地掛斷電話。

「……唉～奶奶其實很不會照顧孩子，明明自己也養大了兩個。」

結束通話後，月愛苦笑著說道。

然而，手機隨即再次因為來電而振動起來。

「真是的，奶奶，這次又怎麼了？」

月愛沒有仔細看就接起電話。

『露娜，抱歉喔！妳方便說話嗎！』

從手機聽筒傳出的是年輕女性的嗓音。對方似乎相當驚慌，完全忽略月愛說的「奶奶」二字。

「咦，店、店長！」

月愛先將手機從耳邊拿開，確認來電顯示後，瞪大了眼睛。

「請問有什麼事？」

『櫻花季布置不是從後天開始換上，而是明天啦！剛才妳回去後，我接到總公司的聯絡才發現的。雖然環奈也一直幫忙到打烊為止，但我不能勉強工讀生留下來加班，所以就讓她回去了……』

看來是工作上的聯絡。

『露娜品味很好，我想讓妳負責入口展示模特兒的穿搭……如果妳在附近，能不能回來呢？這輩子就求妳這一次了！之後想吃什麼我都請妳吃！』

月愛目不轉睛地凝視著桌上，一會兒後輕輕閉上雙眼，像是做深呼吸一樣吐氣又吸氣。

「……好的，人家還在新宿，現在就過去。」

睜開眼睛後，月愛望著門的方向，語氣鄭重地回應。

『真假！謝謝妳！這次是我的疏失，真的很抱歉！』

店長在掛斷電話之前一個勁兒地道著歉，對月愛充滿感激。

「…………」

講完電話，月愛神情複雜地注視著手機半晌。

「……龍斗，對不起。工作上出了點麻煩，人家必須趕回店裡。」

「嗯。」

雖然只有聽個大概，但我已經充分了解情況，便深深地點頭。

「辛苦妳了，路上小心。」

月愛向我露出充滿歉意的微笑。

「對不起喔，原本還以為今晚可以放鬆地約會一下的。」

說完，她套上大衣，整裝準備離開。

「不介意的話，剩下的都給你吃吧，不然太浪費了。人家會去結帳。」

「咦？呃，不用啦，我也會付……」

「沒關係，畢竟今天是特別的日子，不是嗎？」

月愛這麼說完，將包包旁邊的小紙袋遞給我。

「來，這是巧克力。」

那個紙袋上，印著知名高級巧克力品牌的標誌。

「謝、謝謝妳……」

我接過來後，月愛臉上輕輕揚起微笑。

「這是人家該說的。因為有龍斗在，人家才能努力下去呀。」

那是一抹含著親暱與真心的溫柔微笑。

相較於我過去墜入愛河，就此無法自拔的那個時候，現在這張笑靨更為成熟美麗。

目送她離去後，我獨自留在包廂，打開紙袋看裡面的東西。

裡面裝著手掌大小的高級巧克力盒，以及一張留言小卡。

謝謝你總是支持著人家。

龍斗，最喜歡你了♡

真希望我們能快點每天都膩在一起♡

露娜

「……我們結婚吧。」

讀完小卡，我怔怔地出神片刻，然後心頭一熱，輕聲喃喃說道。

◇

無論在職場還是家庭，月愛都是周遭人們不可或缺、仰賴的對象，善盡自己的職責。

身為這樣一名女性的男友，我也必須全心投入於自己該做的事情才行。

編輯部的打工變成每週三次。由於補習班的打工進入淡季，新高三生的課程都儘量集中在星期六，之前要為考生上課的日子就安排編輯部的打工。

順便說一下，黑瀨同學是每週四次，我要打工的日子她都在。

「唉……」

她一邊嘆氣，一邊工作。

現在時間是晚上八點。

「截稿後就要面對這種事，真的好討厭喔。」

如此說道的她，專心地整理員工桌上凌亂無章的校樣。

我最近才剛學到這個術語，所謂的截稿，即為確定雜誌的內容，接下來就要進入印刷工程。也就是說，在這個階段中，預計刊載的所有原稿要將每一處細節都修正完畢，以完美的狀態送交出去，因此截稿前是編輯部最緊張的時期。

這個編輯部每個月會發行青少年漫畫雜誌《王冠雜誌》。隨著截稿的日子迫近，公司內的氣氛就會變得很緊繃，愈來愈多編輯看起來身體狀況不佳，像是剛熬完夜一樣。順利迎接截稿日的來臨後，大家就會宛如行屍走肉一般回家。

這段工作過程會出現大量名為「校樣」的輸出樣本……簡單來說，就是類似製作到一半的書頁。

明天起就要恢復日常工作，我們工讀生今天得負責整理編輯們在趕工地獄中散落四處的大量校樣。

而我們還沒有整理完畢，完全是在加班。公司似乎會支付這部分的時薪，所以倒沒關係就是了。

王冠雜誌……通稱《王冠》，在業界的地位應該算是漫畫迷都知道的漫畫雜誌吧。我也只聽過名稱而已，在進來這裡工作前從來沒有拿起來看過。不過，看了一下陣容後，會發現有的作者畫過非常受歡迎，曾經風靡整個社會的漫畫，現在連載的則是澈底反映個人興趣的作品；還有作品以惡徒為主角，感覺王道少年漫畫雜誌不太可能出現這種特殊題材；但也有完全將重點擺在「萌」的作品，似乎是一本廣納多元作品的雜誌。

這個編輯部並沒有多大，公司面積占約五樓的一半，大概是兩、三間學校教室的大小。除去主編等管理職，光是編輯好像就有十人以上，不過有些人是在家辦公，所以還沒有見到全部的人。

而現在，他們都不在公司，這裡只有我和黑瀨同學。

「加島同學，你還要多久才能結束？」

「唔……其實都整理得差不多了，再一個小時吧……」

「我應該也跟你一樣。唉……整理東西真的很無聊，一點創造性都沒有，難怪其他工讀生會走人。」

天花板的螢光燈分成三個開關，為了節電，只開著我們正上方的螢光燈。

「外頭變得好黑……而且還下雨了。」

黑瀨同學突然停手看向窗戶，然後如此嘀咕著。

「真的耶。」

「加島同學，你有帶傘嗎？」

「沒有……」

我們現在比鄰而坐，處理著手上的工作。黑瀨同學負責整理總編桌上的校樣，我則負責副總編這邊。因為背對窗戶，沒有發現天氣驟變。這裡隔音效果可能很好，雨聲傳不進來。

「天氣預報有說會下雨嗎？」

「沒有，原本天氣很晴朗，我沒怎麼在意就出門了……」

當我們正在說話的時候，一道閃光從陰暗的窗外竄入視野一隅。

幾個眨眼的工夫後，響起了足以撼動內臟的轟鳴。

「呀啊！」

黑瀨同學摀耳尖叫。

「打雷了啊，真是少見呢……以這個季節來說。」

說到打雷，我第一個想到的是夏天。

「……是春雷嗎？最近確實有點暖和起來了。」

「春雷？」

「就是春天打的雷。這也是俳句的季語之一喔，代表春天來臨的意思。」

黑瀨同學輕描淡寫地說完這番話，繼續做她的事情。

真不愧是國文系的學生。

雖然她以前就是個充滿書卷氣息的女孩，但上大學之後，她的知性似乎受到更多磨練。

不過，下一道落雷再次打破她的冷靜。

「呀啊！」

她拋下手上的工作跑到窗邊，透過百葉窗的間隙看著外頭。

「怎麼回事……是不是有點近呀？」

「是啊……」

我也暫時停下手，來到黑瀨同學旁邊望向窗外。

「呀啊！」

隨著閃電出現，雷鳴幾乎在同一時間響起，令她嚇了一跳。

「感覺超近的……」

就在此時——

樓層的燈光突然全部熄滅。

「咦？討厭，怎麼了！」

黑瀨同學提高了嗓音。

這時又是一道落雷。

「呀啊——！」

一股衝擊力猛烈地撲向我全身。

直到甜甜香氣飄入鼻中的瞬間，我才發現自己被抱住了。

「黑、黑瀨同學……！」

我心中一急打算抽身離開，但她緊抱著我時，身體正微微顫抖著。

「停電……？不要啊，我怕黑……」

耳邊傳來那無助發顫的微弱嗓音。

在這個當下，我猛然驚覺一件事。

高二的時候，黑瀨同學曾經在沒室外燈的陰暗神社被色狼撲倒。她遭到襲擊後，應該也是像這樣顫抖的吧。

「…………」

我沒辦法主動與她拉開距離。

陷入極度為難的情況，仰望著昏暗的天花板。

「……啊。」

就在這時，螢光燈閃爍起來，恢復光亮。也許是備用電源啟動了，落雷導致的停電似乎

只是暫時性的。

「……燈、燈亮了耶，太好了……」

黑瀨同學依然緊抓著我的胸口發抖，於是我戰戰兢兢地告訴她。

「…………」

黑瀨同學暫時沒有動作。

「……這樣啊。」

她肩膀上下起伏，像是做了幾次深呼吸之後，小聲地說道。

接著，輕輕放開我的胸口，往後退開三步。

「……真抱歉。我們快點解決工作吧。」

她若無其事地說完，露出了尷尬的微笑。

等到解決工作走到外面時，雨已經停了。

由於肚子太餓，我就答應黑瀨同學的邀約，跟她去上次那間居酒屋。

「……加島同學，我跟你說喔。」

喝完第一杯生啤酒後，黑瀨同學說道。

「其實我很怕男人。」

我不明所以地注視著她，而黑瀨同學就垂下視線。

「光是走夜路時跟陌生男人擦身而過，就會像心臟被揪住一樣打哆嗦……很奇怪吧？」

「……是在那間神社遇到的色狼造成的嗎？」

我忐忑不安地問道，黑瀨同學則瞥了我一眼。

「應該是吧，從那之後就會這樣。」

她再次低下頭，開口說：

「大一的時候，我曾經在一間時尚咖啡廳打工。」

她就這樣垂著眼眸說了下去。

「也許是巧合吧，那裡的嗨咖很多，男生們都會毫不在意地跟女生勾肩搭背。我覺得很害怕，做兩個星期就辭職了。」

的確，換作是我也想辭職……我如此心想。那根本不是同一個世界的人。

「編輯部的人就很紳士。或許只是因為大家都是邊緣人啦，而我也是邊緣人，所以很合得來。」

黑瀨同學開玩笑似的說道，然後有些自嘲地笑了笑。

「……剛才停電時，嚇了一跳。原來我……到現在還是不會害怕加島同學，甚至會主動去抱你。」

她低聲說著，嘴角浮現百感交集的微笑，仍帶有幾絲自嘲的意味。

「…………」

想起她剛才抱住我時的觸感和香味。

隨即又想起高中時代在體育館倉庫發生的事情，我感到心慌意亂，臉頰滾燙了起來。

「……那個，我……」

我用緊張到變尖的嗓音開口：

「大學畢業後，我打算和月愛結婚。」

連自己也不曉得為何會說出這種話，明明都還沒有和月愛討論過。

只是想找個什麼東西來消除黑瀨同學留在我全身的觸感。

「……這樣呀，恭喜你們。」

黑瀨同學抬眼瞥了我一眼，揚起嘴角說道。

「呵呵。」

不知是對什麼感到有趣，只見黑瀨同學垂著頭逕自笑著。

「……一直以來，我都不知道該如何處理對你的感情。不過，原來如此……倘若你們結婚，你就會變成我的『哥哥』了。」

黑瀨同學微微瞇起眼睛，凝視著桌子一隅。

「這樣看待你就可以了吧。」

自己想通似的笑了笑後，她看向我。

「……對吧，『哥哥』？」

見她露出調皮的微笑，我又變得有點不知所措。

接著，她將視線從我身上移開，以平靜的語調說道：

「……這跟剛才說的事情自相矛盾就是了。明明害怕男人，卻又受到男人吸引，我真是怪人一個。」

這麼說完，她望著雜亂的居酒屋店內，眼神彷彿對著遠方心懷嚮往。

「身高比我高，肩膀比我寬，手掌比我大……對這些感到害怕，卻還是想觸碰看看。如果對方是不會傷害我，不會讓我難過，願意將我捧在手心上呵護……像這樣獨一無二的男人的話。」

說著，她垂下眼眸，羞澀地微微一笑。

「剛才碰到加島同學後……我就想起了一直埋藏在心底的這種感情。」

「…………」

我又變得有點坐立難安，不過黑瀨同學的第二杯生啤酒在這時送上桌。

她拿起啤酒杯，咕嘟咕嘟地大口喝了起來。

「……唉～像加島同學這樣忠誠的男生，要去哪裡才找得到呢？」

嘴巴離開啤酒杯後，黑瀨同學說道。她的語氣帶著幾分自暴自棄。

「應、應該很多吧。像阿伊和阿仁都不會裝熟地勾肩搭背，也不會劈腿才對……」

聽到我像是在安慰人的這番話，黑瀨同學便皺起眉來。

「仁志名同學一直都喜歡小笑琉啊，而且我要是對伊地知同學出手的話，小朱璃會殺了我的。再舉些其他例子吧。」

「呃……」

「你的大學朋友有這樣的人嗎？能不能介紹給我？也差不多想談個戀愛了。」

「咦？」

感覺再聊下去會變得很麻煩，我想在這時候換個話題。

「先不說這個，妳看過《王冠》的本月特輯了嗎？我剛才看到校樣……」

「咦，是什麼？」

於是，話題暫時轉移開來，然而——

三十分鐘後。

「欸～～加島同————學！介紹男人給我嘛～～男、人！」

黑瀨同學整個人醉得一塌糊塗。

她拿著空空如也的啤酒杯，在桌子上咚咚咚地敲來敲去。

那張臉龐通紅不已，眼睛都失焦了。

「黑、黑瀨同學……這樣很失態，安靜一點……！」

什麼叫做酒量滿不錯的啊！這人完全就是在發酒瘋啊！

不過，她今天確實喝得比上次還要快，已經喝到第五杯了。

「欸～你有在聽嗎～～！這都要怪你不回答我吧～～！」

「怎、怎麼了……」

「我說，介紹男人給我啦～～！你身邊起碼有一個吧～～！沒有女友也沒有心儀對象的男性朋友。」

「是、是有啦……」

我腦中想到的，當然是久慈林同學。除了他之外沒別人了。

「那你現在就聯絡他啊～～！」

「不、不過，感覺他不是會參與這種事的人……」

「別說了，快點聯絡啦～～！哥哥～～！」

「好、好啦……！」

周遭的目光很令我在意，終究還是答應了。
於是拿出手機，點開通訊軟體傳訊息。

我女友的雙胞胎妹妹叫我介紹想交女友的男人給她，
你如果有空，能不能跟她見個面？
她現在喝得很醉，一直死纏著我不放，
就當作是幫我一把吧，拜託了！

久慈林同學立刻就回訊息了。

可以啊～
什麼時候？

我已經習慣了，所以不覺得哪裡怪怪的，不過久慈林同學打字的時候就是很平易近人的說話方式。真是不可思議的一個人。
話說回來，他平時明明那麼敵視現充，裝作一副對戀愛不感興趣的模樣，卻願意讓人介

紹對象啊。而且好像還滿有興致的，出乎我的意料之外。

「……他說『可以啊』。」

聽到我的回覆，黑瀨同學醉意矇矓的雙眼頓時綻放光采。

「真的嗎～～！太好了～～♡」

接著，她就這樣拿著空的啤酒杯，向路過的店員說道：

「該為了慶祝乾杯嘍～！店員小姐──再來一杯！」

「不用了，對不起！請幫忙拿杯水過來！」

我在心中堅定地發誓，絕對不會再讓黑瀨同學喝太多酒。

◇

後來，在我的協調之下，黑瀨同學和久慈林同學馬上就約隔天見面了。

不過──

「……欸，加島同學，那是怎樣？我高二時惡整月愛的事情，你現在才打算報仇嗎？」

又隔了一天，我在《王冠》編輯部遇到黑瀨同學時，她就凶神惡煞地如此質問我。

「怎、怎麼回事?」

「那個人講了兩個小時的森鷗外就回去了耶,而且看都沒看我一眼。」

「咦……」

這是怎樣……我驚訝得倒抽一口氣。

我有傳「情況如何?」的訊息給久慈林同學,但他沒有回覆,所以本來就猜想這兩人可能進展得不太順利。

「這、這個嘛……可能是因為他主修國文吧……」

我不得不幫他說幾句話,而黑瀨同學的臉色變得更難看了。

「我也是啊。」

「畢、畢竟,他沒有和異性交往過嘛……」

「我跟他一樣啊。」

黑瀨同學的眉間攏起好幾道皺褶。

「可是,在初次見面的異性面前不該大談自己的專業,即使我不是一流大學的學生也懂這個道理喔。」

「……………」

我沒辦法再維護他而沉默下來後,黑瀨同學就一臉傷心地垂下眼眸。

「如果我不是他喜歡的類型，一開始直接說出來就好了啊。」

「呃……不是的。」

我在這時候開口：

「戀愛性向為女性卻不喜歡黑瀨同學的男生，在這世上根本不存在喔，我可以保證。」

聽到我這麼說，黑瀨同學一瞬間沉默了。半晌後，她臉頰浮現淡淡紅暈。

「……謝、謝謝你……」

她用細如蚊蚋的聲音嘟囔道。

趁這個機會，我繼續幫久慈林同學說話。

「我想他應該沒有惡意才對，他看起來不像壞人吧？」

「唉，是這樣沒錯啦……」

話雖如此，黑瀨同學看起來還是無法接受，她鬧彆扭似的說道：

「……我可是認真的，因為是真的想談戀愛啊。起初還很期待，覺得加島同學的朋友應該沒問題……雖然我害怕男人，但原本也打算將對方當作戀愛對象來好好相處的。」

她的表情流露出幾絲落寞，輕輕嘆了口氣。

「真是撲了一個大空啊。」

「…………」

即便我也不認為久慈林同學是合適的人選，畢竟介紹出去了，實在慚愧得抬不起頭來。

「那麼，你下次要介紹誰給我？」

「咦？」

聽到她語調開朗地如此問道，我便抬起頭。

「你還會介紹男人給我吧？都念了兩年的大學，總不會只有一個朋友而已吧？」

儘管黑瀨同學看起來有些厚臉皮，她終究是個出眾的美少女。

「『哥哥』，下次要介紹好一點的對象喔。」

看到她抬眸拜託我的可愛模樣，一時之間無法拒絕。

◇

才沒有下次。

我能介紹的只有久慈林同學而已。

「我、我有事情問你，久慈林同學！」

隔週，我在午休時間來到學餐。我和久慈林同學總是約在這裡碰面，對方已經先入座，我便過去找他，打算等一下再點餐。

「聽說你跟黑瀨同學講了兩個小時的森鷗外就回家，這是真的嗎……！」

「正是。」

久慈林同學的面前擺著咖哩豬排飯，他表情平靜地點點頭。

「這可是與初次見面的女生約會耶，你知道嗎？」

「再清楚不過。」

他再次深深地點了點頭，然後開口：

「見面的瞬間，小生便已非常肯定。那就是『如此可愛的雌性，不可能成為小生的女朋友』。」

「……你、你當自己在寫輕小說書名啊？」

久慈林同學通曉古今日本文學，對最近的御宅文學當然也有很深的造詣。

「我、我不這麼認為喔，畢竟你也很帥啊……是說，能不能別用『雌性』這個詞彙？大家一樣都是人類啦……」

「非也。小生這種悲哀的處男怪，以及宛若四季美景般俏麗的美少女，你覺得兩者可以一併稱為人類嗎？」

「可以啊……你又不是妖怪……」

雖然久慈林同學的自虐很有趣，但我今天必須認真地勸導他。

「而且，你要這麼說的話，我還不是……」

我的話才說到一半就打住了，因為久慈林同學的眼底似乎閃過一道銳利的光芒。

「嗯？你說什麼？你是個跟心愛女友日日夜夜激烈交纏的超級現充男吧？」

「日、日日夜夜……！激烈……什麼啦！」

我不知道該吐槽哪一邊，看來這就是久慈林同學對我的印象。

「……不、不是，我說過最近都沒見面吧？何況我們又沒有住在一起……」

「哦？意思是床褥乾燥已久嗎？這真是愉快痛快。」

「要說是乾燥已久嗎……」

應該說是從來沒有濕潤過……

我備感羞恥地垂下頭，久慈林同學則緊盯著我的臉龐。

「莫非你……」

「…………」

我屏住氣息，心想坦白的時刻終於來臨。

好幾次打算向久慈林同學坦承一切，然而他總是把我當作「超級現充」，所以都沒能說出口。

……不過。

「……到底是不可能吧。血氣方剛的青春期男女都交往了三年半。」

久慈林同學自顧自地想通之後，便不再追問了。

「…………」

今天依舊沒能說出口。

不，這種事怎樣都無所謂。我現在有話該告訴他。

「你不喜歡黑瀨同學嗎？」

「非也，但小生除此之外別無他法。比起沉默到底，這樣也能讓對方度過有意義的時光吧，畢竟她似乎並非對近代文學不感興趣。」

「那是當然的啊，她可是在立習院主修國文耶。」

「哦？」

久慈林同學有些佩服似的回道。

話說，他們竟然連大學主修都沒有告訴彼此啊？未免太誇張了吧。

「名字呢？至少有告訴彼此名字吧？」

「黑瀨某某吧，你不是告訴過小生嗎？」

不行，完蛋了。

「……我說啊，久慈林同學。」

我在他旁邊的空位坐下。

「我們第一次說話那天，你不是說過嗎？『小生名字的由來為綠巨人浩克（註：晴空與浩克的日文讀音皆為Haruku），但個子稱不上高，長到不上不下的高度就停住了。倒不如長得矮小一點，還可以拿來當哏用』。開頭做這種自我介紹就可以了啊。」

「…………」

久慈林同學保持沉默。

「你別管對方是異性還是美少女，下次就正常一點講話吧，好嗎？」

我抱著對小孩子諄諄教誨的心情如此建議，但久慈林同學始終緊收著下巴。

「……想必不會有下次了吧。」

「咦？」

「這點事連小生都明白。她厭倦小生了。」

「怎麼會……」

這時，口袋內的手機振動了幾次，我感到很在意，便拿出來看。

情況如何？

挑好下一個對象了嗎？
哥哥？

「…………」

不行。黑瀨同學完全放棄久慈林同學了。

確定這一點後，面對固執己見的久慈林同學，我不想再多說什麼。

在那之後，黑瀨同學每次見到我就會央求「介紹對象」。

關於害她得到恐男症的色狼事件，我也覺得自己該負一部分的責任，所以盡可能想要幫上她的忙。

但是，我沒有能夠介紹的朋友。

「…………」

睡覺前，我躺在床上看著手機。

幾經猶豫，在備忘錄打了草稿後，打開ＬＩＮＥ的群組貼上文章。

龍斗

好久不見。
你們兩個都好嗎？
我目前在飯田橋書店的編輯部打工。是黑瀨同學找我去的。

本來以為明天早上才會收到回覆，不過立刻就變成已讀２了。

祐輔
好久不見！
哦～很厲害嘛～

仁志名蓮
是說，你還有在跟黑瀨同學聯絡啊？
啊，也對啦，
她畢竟是白河同學的妹妹嘛。

像是事先說好似的，兩人接連回傳訊息。
他們的回覆很自然流暢，彷彿昨天和前天都有聊過一樣。
我拉回去看後，才發現上次使用這個聊天室是一年多前的事了。

龍斗
話說，抱歉突然問這個，你們有沒有可以介紹給黑瀨同學的男性朋友啊？
她說不要嗨咖，叫我介紹認真又忠誠的男人，但我畢竟沒什麼朋友……

仁志名蓮
這太難了啦。
而且我根本沒朋友啊（笑）。

祐輔
就算有也都是噁宅處男啦。

要介紹給黑瀨同學太丟臉了。

「…………」

我、我想也是啦～～！

儘管事態完全不見好轉，我還是不由得開心了起來。

仁志名蓮
不說這個了，
我有點事想跟阿加商量，
現在可以打給你嗎？

祐輔
咦，怎樣，搞排擠喔？
因為我是噁心的參加粉嗎？

仁志名蓮
不是啦，跟笑琉有關。
體諒一下（笑）。

祐輔
哦～我懂了。
你還沒放棄啊。
加油喔。

仁志名蓮
什麼叫「還沒放棄」啊！
又不會怎樣！

龍斗
可以啊，我等你電話。

聊天結束後，我等了一陣子，阿仁就打過來了。

『啊，阿加？真的好久不見。』

「嗯，是啊，你過得好嗎？」

『還行吧。是說，我放暑假的時候考到汽車駕照了。』

「啊，這樣喔。」

『現在差不多習慣開車了，我想約笑琉去兜風……但車上算密閉空間吧？要是只有兩個人，她可能會抱有戒心。』

「哦……」

的確，約有男友的女性出去應該是一件很困難的事。

『所以，希望你和白河同學也能一起來。有白河同學在，笑琉會比較放心吧？而且你也有駕照不是嗎？萬一發生什麼事，有人幫忙開車，我也多了一個依靠。』

「但我沒有實際上過路喔。」

我在上大學前的春假考到駕照，因為當時月愛正好變得很忙，而我剛考完試閒著沒事。我家依然沒有車，所以考完最後的路考後，已經將近兩年沒開過車了。

『沒關係，你就去約白河同學吧，拜託了。』

「好啦。」

我很久沒見到阿仁了，而且能多一個與月愛見面的機會也很幸運。山名同學的現況也很令我好奇。

跟阿仁講完電話後，我立刻聯絡月愛。

『好呀！星期天能請半天假的時候人家就去約妮可！超級期待的～！』

雖然我和阿伊、阿仁漸行漸遠，但月愛跟我不同，她到現在還是經常和高中時代的摯友聯絡。

約山名同學的事情很快就搞定，兩個星期後，我們四人就一起去兜風了。

◇

「哦～車子很帥嘛。」

我在集合時間下午三點來到A車站的圓環，有一輛車停靠在路邊，看到坐在駕駛座的是阿仁後，便走過去。

他開的是銀色轎車。

「這是中古車啦。我老爸是車迷，一跟他推薦就買下來了。」

那確實是現在已經停產的型號，而且是很受到中高年齡層青睞的車款，身為一個車迷，我覺得這是相當內行的選擇。

「真的好久不見了呢。」

和阿仁一年多沒見，他變得有點時髦。雖然看起來不像本人熱切盼望的那樣轉眼間就長高，但時下流行的寬版上衣穿在他身上很好看，還搭配名牌厚底運動鞋，就算是為了見山名同學而特地精心打扮，仍舊散發不同於從前的潮男感。

月愛和山名同學很快就一起現身了。

「讓你們久等了～！」

「哦～超久沒見到你了耶，加島龍斗。」

山名同學跟阿仁好像不時會去吃飯。我從畢業典禮之後就沒見過她了，相隔兩年，她看起來變得相當成熟。儘管依然是個辣妹，還是比高中時更洗鍊高雅，展現大姊姊的氣質。

「我可以跟月愛坐後座嗎？」

上車時，我若無其事地問阿仁。

「哦～可以啊。」

不知道坐在駕駛座的阿仁是否有發現我的助攻，他透過後照鏡看著我如此回道。

「咦，我坐副駕喔～？」

山名同學打開副駕駛座的車門，露出不滿的表情。

「妳不喜歡嗎？」

「聽說發生車禍的時候，副駕的死亡率最高耶。」

「啥？相信我的開車技術啦。」

「一般人都不會相信還貼著新手標誌（註：在日本，取得駕照未滿一年都必須將新手標誌貼在車上）的傢伙吧。」

山名同學笑著反駁阿仁，並在同時繫上安全帶。

他們兩人看起來還是很要好。

「那麼，要去哪裡呀？」

「說到兜風，當然是去海邊吧。」

「咦？天氣還很冷耶。」

月愛很吃驚。

「是可以啦，要往橫濱開嗎？還是湘南？」

山名同學問道，而阿仁一邊操作導航系統，一邊搖搖頭。

「都不是，我這邊緣人只敢開到千葉啦。」

「你差不多該跟千葉道歉了吧？」

「好呀，人家最喜歡千葉了！」

月愛幫腔後，在車內一片和樂融融的氣氛下，我們展開兜風之旅。

不過，天氣實在稱不上適合兜風。

「噢，下雨了耶。」

經山名同學這麼一說，我看向車窗，便發現許多小水珠附著在外側。

「好像只是陣雨喔，天氣預報說傍晚之後會放晴。」

阿仁答道。可能是因為還在一般道路上，他的表情很從容。

「話說，阿加，今天中途可以換你開車嗎？」

「咦！」

我嚇了一跳，旁邊的月愛則雙眼亮晶晶地看著我。

「哇～！人家好想看看龍斗開車的樣子唷！」

「唔……」

聽到這句話，我也產生想耍帥的念頭。可是，不想讓她看到自己開車技術太爛而狼狽不堪的一面，真傷腦筋。

「……我是有把駕照帶過來啦，也重新複習過教科書了。」

「耶～！」

月愛很開心。

「竟然是新手駕駛和沒上過路的駕駛啊？今天說不定是我們的忌日呢……」

山名同學誇張地嘆了口氣。她出乎意料地還滿悲觀的。

「對了，關家同學有駕照嗎？」

月愛問道，而山名同學搖了搖頭。

「他沒有喔，說是考上大學就會去考駕照。」

的確，他從高三時就一直埋頭苦讀，照理說抽不出時間。

「那不就快了嗎？」

「……誰曉得。」

山名同學自暴自棄似的答完，露出眺望遠方的側臉。

「我已經不抱太大的期待，更何況也幫不上什麼忙……」

「不過，他決定明年要當大學生了吧？畢竟有錄取其他系。」

我這麼一說，山名同學就臉色驟變地轉過頭來。

「咦，真的嗎！」

我心裡暗叫不妙。沒想到他竟然沒有告訴山名同學。

「嗯……他自己告訴我的。但如果妳不知道，那很抱歉，忘了吧。」

「啥？這種事哪能說忘就忘啊？」

「他可能是想留給妳一個驚喜啊，真的很抱歉。」

「……算了，那我在學長面前就裝作不知道吧。」

山名同學百般不情願地回道。

「……可以順便透露是哪間大學嗎？」

「他沒告訴我，應該是附近的吧，因為是用來保底的。」

「這樣啊……學長的大學考試終於要結束了。」

山名同學興奮得面頰緋紅，深有感慨地喃喃說道。那張側臉完全就是戀愛中的少女。

「…………」

我看向後照鏡。阿仁正目不轉睛地注視著前方，緊握方向盤不發一語。

「咦？不要啦，很可怕很可怕很可怕很可怕！」

車子上高速公路時急遽加速，讓山名同學尖叫了起來。她縮著身子，用雙手抓住車窗上方的把手。

「看我的看我的看我的～～！」

阿仁一臉得意地踩著油門。他在射擊遊戲中掃射敵人時就是這副表情。

「沒問題嗎！沒問題嗎！不會撞到後方來車吧！」

「就叫妳相信我啦！」

「就說不會有人相信貼著新手標誌的傢伙啦！」

看著前座兩人吵吵嚷嚷的模樣，我和月愛對上彼此的視線。

「……其實仁志名同學滿會開車的呀。」

「對啊。」

我想，為了約山名同學兜風，他應該做了不少練習吧。對於沒有車的我來說，這是有點羨慕的事情。

阿仁開的車很順利地在高速公路上駛向千葉，不過途中也有交通阻塞的路段。

「……這是怎樣，為什麼前進得這麼慢啊？」

「聽說塞車五公里，導航上面顯示的。可能有車禍或車道管制吧。」

「什麼？不能走旁邊的車道嗎？」

「切不過去啦，兩邊都沒在前進啊。」

「唉……太煩了吧。」

山名同學有些焦躁地揚起聲音，車內的氣氛頓時變得沉重時——

「妮可，要吃費南雪嗎～？」

月愛從自己的包包裡拿出點心。

「這是人家去以前打工的蛋糕店買來的喔～」

「哦，我要吃我要吃！那間店真的不管什麼都很好吃耶～」

正好是吃點心的時間，或許她肚子有點餓了吧。車內瞬間充滿溫馨愉快的氛圍，我再次對月愛感到折服不已。

幸好塞車只持續二十分鐘就恢復正常，車子重新奔馳在高速公路上。

後來終於穿過隧道，開始行駛在左右兩側都是一片大海的橋上。

天氣不怎麼好，導致大海看起來比較接近灰色，但身為無海縣的居民，如此壯觀的景色還是令人看得入迷。

「咦？這條路是怎樣，超級暢快耶！」

「哇～好棒唷！全都是海耶～！」

「這是跨海公路。要去海螢火蟲停車區看看嗎？」

「好呀好呀～！雖然不知道那是什麼地方。」

於是，車子駛向海螢火蟲停車區的停車場。

雖然我也不是很清楚，不過海螢火蟲停車區似乎是高速公路休息站，位於連接神奈川和千葉的跨海公路上。

那真的是一座浮在大海正中央的人工島，因此可以享受三百六十度的海洋美景。

「咦，景色超美的！」

光是走在甲板上就會感到心曠神怡，月愛發出讚嘆聲。

「我有帶三腳架喔～！來拍照吧！」

「哦，好主意！」

「好，我設定倒數十秒拍照了喔！」

「露娜，快點快點～！」

「咦，等一下！鞋跟卡在甲板的縫隙裡啦！」

「真是的，妳在幹嘛啦？」

「呀哈哈～！」

在手忙腳亂之際，快門被按下了。

「笑死！蓮的眼睛怎麼睜一半而已啊？」

「笑琉還不是一臉被判了三百年徒刑的表情。」

「就叫你不要拿我眼神凶惡這一點來取笑啦！」

「有什麼關係～我覺得這樣才好啊。」

「你這個重度被虐狂。」

像這樣一看，他們倆看起來就是一對感情很好的男女。應該可以說是「歡喜冤家」吧。

「都是人家打亂了時機，抱歉～」

「沒錯～小心被抓起來啊～」

月愛露出不好意思的笑容，山名同學就笑著戳戳她。

「這次換我來按快門，月愛就待在那裡別動。」

「咦？謝謝龍斗！」

順利拍完照後，我們買了些飲料便回到車上。

天空放晴，夕陽西下時沿海兜風實在很舒服。

阿仁的手機以傳輸線連接著車子，正在播放我也聽過的西洋歌曲。

「「We are never ever ever ever……」」

播到副歌時，坐在副駕的山名同學和月愛同時哼了起來。

「就只會唱那裡嘛。」

歌曲的最後，阿仁笑道。

「啥？開頭的『Ooh』也有唱啊。」

「就算想看著歌詞背起來，但都是英文很快就忘記了。」

「沒錯～」

聽到月愛這麼說，山名同學也笑了。

我心想自己究竟有什麼好擔心的。阿仁和山名同學都和從前一樣。

如果見到阿伊和谷北同學，我一定也會這麼想吧。

要是能拋開隔閡，早點聯絡他們就好了。

即使不聊ＫＥＮ的事情，即使沒有共同話題，我們依舊是朋友。

大家聚在一起看著相同的東西。只要能共度時光就很開心，我們幾個本來就是如此。

察覺到這一點，我便胸口一熱。

於是，就這樣抵達海邊。

可能是因為直到剛剛都還在下雨，春分前傍晚的海岸比想像中更寒冷。

灰色沙灘的另一端，是泛起白色漣漪的深藍色大海。

「好冷！」

「真的受不了，快凍死了！」

月愛和山名同學嘴上一邊叫著，一邊走向海岸邊。

「欸，有點太冬天了吧～～！不這麼冷也沒關係吧！」

「而且穿高跟鞋很不妙，太難走了。」

「人家也是～！只能脫了。」

「咦，光著腳更容易冷死吧！」

說著這種話，她們倆嘻嘻哈哈地笑了起來。

然後，她們緊緊挨著彼此的身子，以大海為背景擺出辣妹姿勢開始自拍。

而我和阿仁就坐在沙灘漂流木上靜靜地看著她們。

海風拂過臉頰和耳朵，冰冷得如同鋒利的刀刃。

「……笑琉心中有其他男人也無所謂，只要我能待在她身旁就好。」

阿仁忽然開口說道。

「就算在一起，我也沒辦法將她的心綁在身邊。畢竟人心是自由的。」

阿仁的視線所向之處並不是我，而是在海岸邊嬉笑玩耍的山名同學。

「要是連看不見的東西都想奢求，即使到手了，也會搞不懂那東西是否真的屬於自己而懷疑對方，平添痛苦罷了。所以，我決定當付出的那一方。」

阿仁垂著頭低聲說完，終於迎上我的視線。

「每次見到笑琉，我就會說『我喜歡妳』，但她都會隨便敷衍過去。」

說著，他臉上浮現一絲苦笑。

「不過，沒關係。儘管如此，笑琉還是願意跟我待在一起，這就是我想要的答案。」

我感到語塞，只能傾聽，而身旁的阿仁彷彿在說服自己似的喃喃說道：

「……除了相信之外，我別無選擇。相信然後付出，我能做的只有這樣。」

沙灘很像沙漠。夏天棲息在這裡的大大小小生物，如今都不見蹤影。我一邊看著海風或漲潮所造就的天然沙灘紋路，一邊聽阿仁說話。

「無論交往還是結婚……所謂的愛情，終究是這麼一回事吧。」

「……別高談闊論啦，你這個處男。」

坐在我身旁的阿仁，看起來實在是太有器量。

身為他的老朋友，我不僅感到難為情，也有幾分焦躁，忍不住就開了個玩笑。

「哇，你這種高姿態很讓人不爽耶。」

雖然我完全沒有擺高姿態，但看來阿仁果然也是如此看待我的。不過，畢竟很長一段時間沒見面，當然會以為我這邊在他不知情的時候有所進展吧。

就在這時，月愛和山名同學從海岸邊回來了。

「好～～～冷啊！」

「我們接下來要幹嘛？」

「超級冷的～～人家想暖暖身子。」

阿仁對著她們二人還有我揚起了壞笑。

「那麼，我們去喝杯熱燗吧？」

「咦，今天不是你負責開車嗎！這樣是酒駕耶。」

「還有另一個人可以開車啊。」

阿仁回答山名同學後，眼神轉向我。

「阿加，你才十九歲吧？」

「呃，嗯……」

「所以你不能喝吧！回去時換你開車喔！就這麼決定了～！」

「咦——！」

於是，在我沒有同意的情況下，不知不覺間演變成酒局了。

我們走進一間充滿在地味的居酒屋，感覺只有當地人才會光顧。店門口插著「鮮魚」和「在地魚」的旗子，所以我們就為了吃新鮮的海產走進店裡。

現在還不到晚上六點，店裡沒有其他客人。我們坐在較後方的高架榻榻米座位，拿起各自點的飲料乾杯。

「乾杯～！」

山名同學是梅酒，月愛和我一樣是可樂，阿仁則點了他剛才說的熱燗。

黑瀨同學喝酒的時候我就這麼覺得了，看到同學理所當然地喝著酒的模樣，會讓我有股說不上來的奇妙感覺。

「是說，阿仁也會喝酒啊？」

「對啊，到了可以喝酒的年齡，不都會想喝喝看嗎？大二生通常都是這樣吧。」

「的確。」

「對了。」

海野老師也是，黑瀨同學也是，難怪最近常常看到同年紀的人喝酒。

如此說道的阿仁，語氣聽起來似乎想換個話題。也許是酒興上來了，他的臉有點紅。

「升上大三之後啊，不就要做專題研究嗎？阿加決定好了嗎？」

「嗯，決定好了。有個教授的通識教育課程很有趣，就選那裡了。」

沒有值得一提的事情，我便答得很簡潔。

「阿仁呢？法學院是什麼樣的情況？」

「哦～嗯，我打算念法律研究所（Law School），所以選擇有在那裡開課的教授做專題研究。」

「咦？法律研究所……意思是你要當律師或法官嗎？」

「坦白說，以我們大學法律研究所的實績來看，要應屆通過司法考試感覺很困難啦。」

我訝異地回問，阿仁就點點頭。

阿仁自嘲地笑了笑，恢復平常的表情。

「不過，說到文科能對抗醫生的職業，就只有律師了吧！」

山名同學瞥了阿仁一眼，維持托腮的姿勢開口：

「……我明明就說過，並不是因為學長將來會成為醫生才喜歡他的。」

看樣子，他之前就跟山名同學談過這樣的未來展望。

「但有夢想就是一件好事呀，仁志名同學很帥喔～！」

「那露娜最近工作怎麼樣？不是說發生了很多事嗎？」

「啊……這個嘛。」

山名同學打探著月愛的情況，而月愛則認真嚴肅地偷偷瞄了我一眼。

「……雖然還沒有告訴龍斗，但其實區域經理有問人家要不要去當福岡店的店長。」

「咦，福、福岡！那個在九州的福岡？」

我大驚失色而發出怪叫後，月愛便表情僵硬地點點頭。

「對，那是西日本區域的旗艦店，所以這個職位還滿重要的，可是區域經理無論如何都想推薦人家。」

「…………」

難道說，她上次在餐酒館想說的就是這件事嗎？

「福岡店的現任店長和副店長已經確定四月後調職。好像是營業額稍微下滑了一點，總公司就要求乾脆從不同區域把年輕員工調派過去，希望能藉此帶來新的氣象。我們的區域經理約了很多店長和副店長喝酒，觀察大家的資質……然後從裡面選中了我。」

「妳受到很大的期待耶。」

山名同學調侃似的誇獎道，月愛就露出害羞又隱隱有點自豪的微笑。

「呵呵！人家的業績其實還不錯，在關東名列前五喔。」

「很厲害嘛！的確啦，衣服穿在露娜身上就會變得特別好看啊。」

「才不是那樣呢，客人都是試穿過才買的。」

「露娜口才也很好啊，客人一高興就買下去了。」

「討厭～說得好像人家是騙子一樣～！」

月愛開玩笑地鼓起臉頰。

「哈哈！有眼睛的人都看得出來妳是真的打從心底誇獎別人啦。客人也沒有笨到會相信很明顯的客套話啊。」

「妮可……」

「……所以，妳要去福岡嗎？」

山名同學認真地問道，月愛也表情嚴肅地垂下頭。

「唔……人家還沒有正式回覆他。」

「意思是妳不想去嗎？」

「唔……」

月愛就這樣收著下巴沉吟著。她雙手握住裝有可樂的玻璃杯，凝視吸管周圍。

「人家很開心受到認可，但是……」

「……妳沒有多少時間可以煩惱吧？四月後……馬上就要到了啊。」

「嗯……」

大概是從月愛猶豫不決的模樣察覺到什麼，山名同學突然露出開朗的神情。

「別擔心，露娜不管去哪裡都會很順利的！雖然不能經常見面會很寂寞，不過可以打電話嘛。」

月愛皺著眉頭向山名同學笑了笑。

「好啦～說得人家都難過起來了。」

接著，她看起來很勉強地恢復平常的表情。

「那妮可呢？已經確定四月後要在哪間店工作了嗎？」

「嗯，老家當地有間美容院僱用我了，最近的車站一樣是A車站喔。」

「真的啊！哇～人家要第一個去找妳！成為專業美甲師妮可的第一個客人～！」

「咦，妳要特地從福岡過來嗎？那邊也有很多美容院吧。」

月愛再次苦笑。

「人家又還沒決定要去福岡！」

「就去啊，應該沒有要妳永遠待在那裡吧？二十歲就當上店長不是很猛嗎？」

聽到山名同學這麼說，月愛斂起表情垂下頭。

「……對呀，這一點是很令人感激。」

「我也會去找妳玩的。啊～好想嘗嘗道地的博多拉麵喔～！雞湯鍋也是那裡的在地美食吧？」

「妮可太心急啦～！」

從剛才開始，她們兩人的對話對我來說幾乎是左耳進右耳出的狀態。

月愛要去福岡？

「…………」

感覺到旁邊傳來阿仁的視線，但我無法看向他，只是一直盯著手邊的玻璃杯。

在這之後，無論是當地捕獲的魚所做成的新鮮生魚片，還是珍貴的在地魚，任何料理我吃進口中都沒有味道。

◇

回家時，我無可奈何地握起時隔兩年沒握的方向盤。

「那露娜，副駕就給妳坐嘍。」

山名同學和阿仁一起坐進後座。

「咦～人家有點緊張耶～」

月愛坐進副駕駛座，一邊繫安全帶，一邊不時偷瞄旁邊的我。在車內燈的照射下，她的臉頰看起來像是泛起了紅潮。

「鑰匙插這裡，引擎在那裡。」

阿仁簡單教了一下後，我便發動引擎，踩下油門。

開起車來，我的身體比想像中還要熟練。當初是愛車愛到特地去考手排駕照，或許是因為這樣才會覺得自排車開起來很簡單吧。

「……怎、怎麼了嗎？」

開了一會兒，我感覺旁邊有一道直勾勾的視線，於是忍不住看向月愛。

「沒什麼。」

月愛凝視我搖了搖頭。

「只是覺得你很帥。」

「…………」

我害羞得答不出話來，月愛則高興地微微一笑。

「人家呀，從高中的時候就很期待跟龍斗一起兜風了。」

「……確實是這樣，抱歉。」

我想起兩人去ＭＥＧＡＷＥＢ的事情。那個地方如今都不存在了，令人意識到多少歲月已流逝。

「不會，人家才要跟你道歉。」

月愛一臉歉意地說道。

「這兩年太忙了，完全抽不出時間跟你相處。」

正當我在猶豫該如何回答時，月愛繼續說下去。

「人家想跟你待在一起，也想從事有成就感的工作。為了兼顧這兩點，人家一直在思考該怎麼做才好。」

無意間看過去，只見月愛視線筆直地盯著前方，表情十分專注。

於是，我告訴她：

「……我會跟妳站在一起。」

無論她做出什麼決定，往哪條道路前進……

哪怕是那個選擇會導致我們分隔兩地。

即使我心中這麼想，臉上應該還是流露出落寞的神情了吧。

「龍斗。」

月愛皺起眉頭注視著我。

「人家已經確定自己的心意。只是，那條路一定會比現在更辛苦……所以還沒有做出最終決斷。」

她稍微俯首，嘴唇顫動著。

「人家不會做出讓你傷心的事情。」

說完，她再次抬頭看我。

「你別擔心，等著人家的消息吧。」

「……月愛……」

我內心激動不已，就這樣看著前方點了點頭。

「嗯……我支持妳。」

抱著複雜的心情，輕聲說道。

我有一瞬間閉上嘴，打算說完這句話就結束話題。

但還是有些話想告訴她，便又開口：

「……不過，如果我絆住妳去做想做的事情……希望妳別在意我，為自己的人生做好選擇。」

後座兩個人異常安靜，我便看一下後照鏡，只見他們各自將頭靠在車窗上睡著了，大概是喝了酒的緣故吧。

我稍微鬆了口氣，小聲地對月愛說道：

「我一直都會喜歡著妳……不管妳變成什麼模樣，或是去了什麼地方。」

「龍斗……」

月愛聲音顫抖著。

忽然間，我想起阿仁先前說的一番話。

——除了相信之外，我別無選擇。相信然後付出，我能做的只有這樣。

是啊，也許他說得沒錯。

只要有所欲求，人心必定會產生不滿。因為無論是多親密的關係，別人也不可能百分之百按照自己的想法行動。

因此——

如果自己想聽到哪些話，就將那些話送給對方。

我想，只能這麼做了吧。

阿仁能察覺到這一點真的很了不起。

然而，在他說得出這番話之前，內心深處究竟有多麼渴望得到山名同學的心呢？

想到這裡，就覺得很感傷。

由於後座兩人沒有醒來的跡象，即使上了高速公路我也沒有停靠休息站，直接開回家。

身旁的月愛很少說話，我不時往她偷覷幾眼，那張側臉在都心夜景的照耀下泛著白光。

不知道為什麼。

她看起來有點陌生。

◇

「咦，不會吧！我原本只是裝睡而已，結果真的睡著了～笑死。」

山名同學家的地址是月愛幫忙輸入的，我將車開到她家門前停下，而山名同學被叫醒後就驚訝地笑了。

「我也是啊。」

阿仁也醒了，他苦笑著。

他們果然有在顧慮我們啊，真是令人過意不去。

「今天玩得很開心喔，謝謝你們開車～」

向我們道謝後，山名同學就收拾東西下車。

「啊，對了。」

她在包包裡翻找了一下，拿出一個袋子遞給車內的阿仁。

「來，給你。這是情人節的回禮。」

「咦，真假？謝啦～！」

「嘴上這麼說，其實你有在期待吧？」

「是沒錯啦。」

被山名同學吐槽後，阿仁就不好意思地笑了笑。

「今年是我親手做的喔。學長還在考試，而我已經找到工作，又沒有課要上，所以閒得要命。」

「真假！我太開心了～」

「順便告訴你，成本是學長那份巧克力的三分之一。」

山名同學冷淡地說道，阿仁卻露出燦笑。

「沒關係啊，就算這樣還是超開心，我會好好珍惜享用的。」

「…………」

看到山名同學當下的表情，我內心一陣疑惑。

她眉頭深鎖，臉色有些為難，又夾雜著幾分悲傷。

「…………」

這是什麼表情？

感覺在一般男性朋友面前不會露出這種表情。

但是，山名同學是關家同學的女友。

當作異性來喜歡的應該只有他才對。

「…………」

我能說的只有一件事。

那就是除了「情侶」之外，男女之間的關係說不定還存在著許多不同的形式。

比如說「雖然無法發展成情侶，不過是很重要的朋友」、「想發展成情侶，但是失敗，所以就當朋友」，或是「有發展成情侶的可能性，目前還是朋友」。

對於這種異性之間的「朋友關係」，或許沒必要表現出過度的潔癖。

無論是什麼樣的關係，朋友就是朋友。

過去只能選擇和黑瀨同學絕交的我，竟然有一天也會這麼想。

我多少成熟一些了嗎？還是說，只是受到些許汙染而已呢？

不過，要不是和黑瀨同學在打工地點開始有交流，她還逼我「介紹朋友」，我今天就不會和阿仁度過這麼快樂的時光。搞不好會因補習班打工而身心俱疲，一天結束後就在自己房間望著天花板，懷念起美好的高中時代。

我想要感謝黑瀨同學。

她和我也是……以「朋友」的身分，建立起只屬於我們的新關係就好了。

即使山名同學是關家同學的女友，這三年半來，她和阿仁也以「朋友」的身分建立了只屬於彼此的關係。

沒有人可以否定他們的關係。

無論是我，還是關家同學都不能。

接著，我開往月愛的家。

「……我也要給妳這個。」

「咦？謝謝你！白色情人節嗎？」

抵達家門口，月愛解開安全帶後，我從放在腳邊的包包拿出一個袋子給她。

月愛的眼眸綻放光采。

「嗯，不知道妳最近有去買東西，就買了『Champ de Fleurs』的糕點，抱歉。」

「咦？完全沒關係！畢竟人家超愛吃的，能收到好開心唷～！」

她立刻看了看袋子裡的東西，然後露出興高采烈的表情。

「啊，上次去的時候這個賣完了，人家就沒有買到耶！送這個太讓人高興了～！」

月愛是逗人開心的天才。

這輩子應該再也遇不到這麼好的女孩子。

好好珍惜她吧。

就算見不到面，我也會一直心繫著月愛一人。

懷抱著這樣的決心，目送月愛離去。

◇

最後我將阿仁連同車子一併送回他家，落得獨自搭電車回去的下場。眼看就要二十歲，卻又對酒產生一些厭惡。

月愛可能會前往很遙遠的地方。

雖然現在也不是經常能見面，但萬一發生什麼事的時候，一邊是至少徒步就能趕到的距離，一邊則是搭飛機也要花上幾個小時的地方，看待的心態還是不一樣。

好寂寞。

然而，現在只能相信月愛所說的那句話。

——人家不會做出讓你傷心的事情。

眼下唯有等待。

等待她做出某個決定，並且向我坦白的那天到來。

於是，我就這樣心無雜念地過著每一天。

「加島同學，你接下來有事嗎？」

某天，編輯部的打工快下班的時候，編輯藤並先生來找我說話。

「我等一下要去神樂坂的法式餐廳和鴨嘴獸老師談事情，本來應該同席的總編來不了，你願不願意代為出席？」

「咦，您說的鴨嘴獸老師，是那位鴨嘴獸老師嗎！」

鴨嘴獸老師是超級有名的漫畫家，曾經在非常受歡迎的少年雜誌畫過國民熱門作品。從我懂事的時候起，那部已完結的漫畫就被視為名作，雖然年代相當久遠了，至今依然廣受好評。他現在應該沒有在《王冠》連載漫畫，難道是今後有什麼計畫嗎？

「沒錯，就是你知道的那位鴨嘴獸老師喔。」

不管多紅的作者，編輯基本上都不會將負責的作者稱為「老師」。話雖如此，鴨嘴獸老師這個等級的作者還是會被尊稱為「老師」嗎？我對此深感佩服。

「我是有空……但讓我去沒問題嗎？」

「嗯，畢竟那間餐廳很難訂，鴨嘴獸老師覺得很可惜，就跟我說找個年輕人來也行。」

「怎麼不是黑瀨同學呢……？」

「哎呀，有女孩子在會有很多顧慮，而且人家說不定跟男友有約啊。」

說不定我也跟女友有約啊！儘管心中這麼想，但事實上並沒有，結果就悲從中來，無法將這句話說出口。

「鴨嘴獸老師是個很老牌的大前輩，現在的漫畫家裡找不到像他那樣的人，所以我覺得帶男生過去比較好。」

藤並先生臉色認真地說，而我在見到鴨嘴獸老師本人後，大致上明白了這番話的意思。

「竟然是男的啊～」

鴨嘴獸老師來到餐廳的座位，看到坐在藤並先生旁邊的我，明顯露出失望的表情。

「對、對不起……」

鴨嘴獸老師看到我惶恐不安地站起來，便愉快地笑了。

「沒事，我知道啦，剛才藤並有傳訊息。你是新來的工讀生吧？」

鴨嘴獸老師年約五、六十歲，是名身材高大的男性。不知道是不是吃太多美食，他的肚子像以前的阿伊一樣突出。身上穿的外套看起來做工精緻，臉龐像是剛洗完澡似的清爽，不會帶給別人不潔的印象。

「怎麼，你想當編輯嗎？」

我打過招呼並坐下後，坐在身旁的鴨嘴獸老師便這麼問道。

因為是圓桌，假如三人間隔均勻地入坐，就會坐在彼此的隔壁。

「不是，我還沒有考慮到那裡……」

我只是被黑瀨同學找來打工，所以回答得模稜兩可，而鴨嘴獸老師就誇張地擺了擺手。

「那我勸你還是別做了吧！在這種時代來出版社工作就像泥船渡河啦，明明還年輕，卻為了賺點小錢而把自己侷限住。像藤並就是這樣啊。」

聽到這番話，藤並先生豪快地大笑起來。不知為何，總覺得鴨嘴獸老師的毒舌言論裡包含著愛，即使是初次見面，我也不會感到不快。

雖然聽說他們是要談事情，但鴨嘴獸老師並沒有提到具體工作，反而自豪地說起他筆下知名漫畫正當紅時的回憶，也抱怨時下漫畫市場的動向，以及現在暢銷作品的優缺點，甚至還自虐地談起自己身體衰老的事情等等，話匣子打開後就沒停過。

鴨嘴獸老師講話風趣，藤並先生也都會適時搭腔，我抱著聽廣播節目的心情聽著他們的對話，同時享受平常吃不到的名店套餐。尤其是法式香煎魚排，淋著帶有細緻泡沫的醬汁，簡直是極品。

藤並先生說過這間法式餐廳很難訂，店內確實將近滿座，沒有人的座位也擺著訂位牌。四人圓桌有四張，兩側牆邊則排列著一般餐桌，即使包場也只能容納五十人左右吧。從天花板的水晶吊燈和胭脂紅地毯所營造的氛圍來看，也可以感覺到這是一間很講究的高級餐廳。

吃了許多美食，我帶著恰到好處的飽足感享用主餐——黑毛和牛菲力牛排。

這時店門開了，店員帶領新客人走進來。我無意間看向在牆邊空位入座的那對男女。

「……………」

似乎有哪裡不太對勁，我又看了一次那位女性。

然後，視線就牢牢定在她身上了。

那個人是谷北同學。

兩年不見，谷北同學的氣質有點不一樣了。記得她以前是時尚個性派辣妹，現在的服裝和髮型似乎比當時更有少女的感覺。

然而，那張臉龐毫無疑問是谷北同學。

跟她一起的男性是看起來有三、四十歲的沉穩大人。他背對著我，所以沒辦法看清楚長相，但那個沒有一絲皺褶的西裝背影散發出帶有高級感的光澤。

會是男友嗎？

就算是也沒什麼好奇怪的，只不過他們看起來有點生疏。

「謝謝您。」

接過飲料菜單後，谷北同學這麼說道。

是上司嗎？

但谷北同學去念二年制的服飾專科學校了，應該還是學生才對。

「啊哈哈！那是你啦～！還不就錢，錢啊！」

這時，不曉得是聊到什麼，只見鴨嘴獸老師發出更大的笑聲。他喝了不少紅酒，看起來心情很愉快。

受到他的笑聲吸引，谷北同學一瞬間看向我們這邊。

我本能地暗叫不妙，移開了視線。

但是，不一會兒，我轉回視線後……就發現谷北同學正注視著我，表情彷彿被凍結起來一般。

「朱華，怎麼啦？」

坐在谷北同學對面的男人向她問道。

朱華？所以我認錯人了嗎？

「啊，沒什麼……這個餐前酒好好喝喔～」

然而，那語調平坦的說話聲也無庸置疑是谷北同學的聲音。

◇

這場名為與鴨嘴獸老師談事情的飯局，持續整整兩個小時就結束了。

「那麼，我今天就回去啦。最近晚上很不行啊，各方面來說都是，呀哈哈！」

這麼說完，鴨嘴獸老師坐上停在店門口的計程車回去了。

「……這樣算是談過事情了嗎？」

我一問，藤並先生就露出苦笑。

「老師他呢，已經不想畫漫畫了。不過，像這樣偶爾約出來見面，等他哪天一時興起想畫一下漫畫的時候，或許就會主動來找我們也說不定啊。」

「……原來編輯也有這樣的工作。」

「是啊，到頭來，這個業界還是建立在人與人之間的關係上。不管哪種工作應該都是如此啦。」

我們邊走向車站邊交談。

「加島同學，你不想當編輯啊？」

「……不是的，那個，我真的是在黑瀨同學的央求下，應該說是幫忙嗎……還沒有思考過那種事情就來了。」

「……我覺得像你這樣的人很適合喔。」

見我語無倫次，藤並先生露出溫和的笑容。

「作者們雖然看起來性格各不相同，但骨子裡都有一顆敏感脆弱的心。有些人對自己要求嚴格，也有些人很難相處，不過只要細心溝通，幾乎沒有搞定不了的對象。」

「……這樣啊。」

「這就跟故事一樣，要解讀人物。從那個人的作品、思維和人品，想像對方至今為止的人生，理解作家的風格。這樣才有辦法提議對方能畫的內容，或是連本人也沒有察覺到，但可能會想畫的內容。」

「……這份工作真是深奧呢。」

「不過，我目前距離那個境界也很遙遠就是了。」

藤並先生擺出滑稽的表情，似乎是覺得講得太認真很害臊，想要加以掩飾。

「話說回來，加島同學和黑瀨同學是什麼關係？該不會在交往吧？」

「不是的，我們沒有交往！」

我第一個念頭就是不想被誤會，所以不由自主地提高了聲音。

「黑瀨同學的雙胞胎姊姊是我的女友。」

聽到我的解釋，藤並先生露出理解的神情。

「啊，原來是這麼一回事啊～真羨慕你……既然是雙胞胎，姊姊想必也長得很漂亮吧。好想要那樣的女友啊～」

「……黑瀨同學正在徵男友喔。」

我煽動地說道，而藤並先生的表情像是有些慌亂。

「咦，這話是什麼意思？」

「她天天吵著要我介紹好對象，所以希望她早點交到男友。」

藤並先生看起來也很忠誠，感覺不會劈腿。由於我已經沒有個人的門路，只能請黑瀨同學就近找找看。

藤並先生嘀嘀咕咕地說：「是嗎……但對打工的學生出手實在是……」不過，他好像也沒那麼抗拒。

「那麼，我要回編輯部處理剩下的一點工作，辛苦你了。」

來到車站後，藤並先生這麼說完，便越過車站走掉了。

「謝謝招待。」

獨自留在原地的我，再次轉向驗票閘門之際——

「加島同學！」

後方傳來叫喚聲，我便回頭。

站在那裡的是谷北同學。

「咦，妳不是還在用餐嗎……」

「我說有重要的電話打來就溜出來了，但這不是重點啦。」

谷北同學的神情很嚇人。像這樣一看，就會覺得她的氣場和高中的時候一樣。

「你會把剛才看到的事情告訴小露娜和瑪莉美樂嗎？」

「……如果妳不願意，我不會跟任何人說今天有遇到妳。」

這是什麼回事……我如此心想，謹慎地答道。

「話先說在前頭，我可沒有提供『成人關係』喔。」

「成、成人關係……？」

「只陪吃飯就能賺五千圓到兩萬圓左右，不含餐費。」

我完全聽不懂她在說什麼。

「……妳、妳在做這種工作？沒有去當服裝造型師嗎？」

我問道，猜想可能是打工之類的，結果谷北同學就皺緊了眉頭。

「你在說什麼啊？不可能馬上就找到服裝造型師的工作養活自己啦。」

她以和當年一樣的氣勢，瞪著我滔滔不絕地說：

「夢想和現實是不同的，像加島同學這樣條件很好的男生大概不會懂吧。」

說完想說的話，谷北同學就轉過身背對我。

「總之，事情就是這樣。」

接著，她朝斜坡的方向走回去了。

「……到、到底是怎樣……」

抱著滿腹委屈，我在車站前茫然地佇立了一陣子。

搭電車回家的路上，我查詢「成人關係」的意思後，便出現以下說明：

指可以發生肉體關係的爸爸活。

「爸爸活（註：日本特有的次文化，指年輕女性與年長男性約會，進而收取費用）……」

我不禁喃喃唸出聲。

不會吧？那個谷北同學在做這個？

想起高二時，她懷疑月愛在做爸爸活而來找我商量的事情。

——酒店小姐之類要客人進貢的職業在很多人的印象中都是辣妹在做，但不管是酒店小姐還是爸爸活，人家都沒有興趣就是了。

她自己明明這麼說過。

這兩年來，她究竟發生了什麼事？

◇

久慈林同學在這個時候約我吃飯，而我答應了。

「加島兄，你可終於來了。」

在我有第五節課的這天，我們約在大學附近的義式家庭餐廳碰面。

「難得你會主動約我耶。」

我們如果不是中午在學餐見面，大多是我約他。

「呃，嗯，那個……」

久慈林同學看著坐在餐桌對面的我，發出支支吾吾的聲音。

「……小生對前些天的表現慚愧不已。」

「咦？」

難道是指他對著黑瀨同學講兩個小時森鷗外的事情嗎？沒想到他還在介意，真是個耿直的人。

「沒關係啦，黑瀨同學應該也沒放在心上了。」

「…………」

我打趣地說道，但久慈林同學一臉無法釋然的模樣。

即使餐點上桌後，他依然話很少。

「……實在是深感抱歉。」

熱騰騰的米蘭風肉醬焗烤飯擺在眼前，久慈林同學卻遲遲不動湯匙。

「就說沒關係啦。」

看他道歉成這樣，反而會讓我覺得很過意不去。

「倒不如說，我才該道歉。本來就知道你對介紹女孩子這種事不感興趣，不過很謝謝你願意赴約，真的不用放在心上。」

我很想吃惡魔風脆皮雞腿肉，總不能自顧自地吃起來吧。

「……非……」

「咦？」

我沒聽到他說什麼，便反問回去。

「……小生並非……不感興趣。」

久慈林同學忸忸怩怩地垂下頭，輕聲說道：

「只是，小生原以為會是更平凡一些的女子……」

「咦？黑瀨同學有那麼奇怪嗎？」

我確實覺得她有怪怪的地方，但也沒有怪到初次見面就會發現吧。

「……不是那樣……而是她太可愛了。」

久慈林同學喃喃吐出這句話，連文言文都忘了用。他眼眸低垂，臉頰染上一抹紅暈。

「見到她容貌的剎那，小生便喪失了理智，心想必須彰顯自身的優秀能力，方能穩穩居於上風。若不如此，小生甚至不敢坐在她面前……」

「……居、居於上風是怎樣……？平等對待不就好了嗎？」

雖然快被久慈林同學的氣勢給壓過去，我依然如此回問，而他則固執地搖搖頭。

「面對心中所求的雌性，就會想展現自己是優秀的個體，此應為動物界雄性之法則。」

「……這、這樣喔……」

儘管久慈林同學說得很拐彎抹角，不過我漸漸明白他今天約我出來想說什麼了。

久慈林同學總是瞧不起現充，光會講些自虐的話，但他並非真的對男女交往不感興趣，所以才會接受我的介紹。

然而，應約而來的黑瀨同學是個絕世美少女，太過符合喜好導致他陷入恐慌，絞盡腦汁展現自我魅力的結果，就是「兩小時森鷗外」嗎？

原來他是想要辯解這一點啊。

久慈林同學恐怕也覺得自己搞砸了吧。他對別人的情緒沒有那麼遲鈍，不至於連面前的黑瀨同學逐漸失去興致都沒發現。但由於缺乏經驗，他無法在途中修正軌道，就這樣直衝到底了。

他應該也產生自我厭惡，有一陣子還擺出頑固的態度，現在總算是願意敞開心胸了嗎？

「請你轉達黑瀨某某女士，上回是小生唐突了……此外，麻煩告訴她，小生名叫久慈林晴空。」

「呃，好……知道了，我會轉達的。」

對黑瀨同學來說，她和久慈林同學的關係已經到此為止了，不過我現在不忍將這件事告訴他。

「順道一問，她的名字是？」

「她叫黑瀨海愛。字面意思是愛著大海，讀做『瑪莉亞』。」

「嗯，原來與伴天連(Padre)的聖母同名啊。」

伴天連……是指基督教嗎？與久慈林同學說話不時得動腦一下。

「沒錯，我女友和她是雙胞胎，所以名字也是成對的。」

「既如此，你女友的名字是？」

「愛著月亮，叫做月愛……這樣。」

聽完，久慈林同學感到佩服似的揚起眉毛。

「哦，『月』與『龍』嗎？真是獨一無二的組合啊……簡直就是奇蹟。」

「咦？」

久慈林同學看起來深受感動，我便愣住了。

所謂的月與龍，應該是指月愛和我的名字裡的漢字吧。

「兩者皆代表『虛幻飄渺之物』。月光朦朧，看不清其輪廓；龍乃虛構生物，不知其真身。故兩個漢字組合起來後，便寫為『朧』。」

原來是這樣啊。雖然有愧於文學院學生的身分，不過我還真的沒想到。

「……這、這是好的意思嗎？還是不好的意思？」

我著急問道，久慈林同學則從容不迫地搖搖頭。

「是好是壞，小生不得而知，但至少小生的心受到了撼動。」

他這麼說完，忽然盯著我看。

「從你們的名字中，小生感覺到你和她彷彿是命中注定的一對。」

「…………」

我們的愛情絕對不是命運的安排。

如果月愛那天沒跟我借自動筆……假如我考得比阿伊和阿仁還要爛……

只要欠缺任何一塊拼圖，我和月愛應該到現在都還是相隔遙遠的陌生人吧。

然而，假設……

誕生於這個世界之際只能獲得一次的禮物，成為牽起我們情緣的伏筆……

無論過著何種人生，我最後抵達的終點或許都會是月愛。

「…………」

這麼一想，就覺得福岡算不了什麼了。

再遙遠的距離都沒辦法拆散我們吧。

因為命運站在我們這一邊。

「……久慈林同學，謝謝你。」

我以感恩的心情，凝視著為我帶來勇氣的朋友。

「你剛才說的事情，我會轉達給黑瀨同學的……」

這時手機發出振動，發現正好是黑瀨同學傳來的訊息。

我正在打工，藤並先生說下班後要請吃飯，

加島同學也要來嗎？

「…………」

原來如此，藤並先生出手了嗎……

既然是自己煽動的，就沒有阻撓的道理。

今天跟朋友有約了，
幫我向藤並先生問好吧。

「…………」

黑瀨同學如果和藤並先生發展得很順利，久慈林同學就沒有挽回的機會了。

「……加島兄，你怎麼了？」

看到毫不知情而一臉舒坦的久慈林同學，我在心中對他說了聲：「對不起。」

然後，用餐刀切起已經漸漸冷掉的雞肉。

◇

隔天，我前往打工地點後，看準時機找黑瀨同學說話。

「昨天怎麼樣？」

「咦？」

黑瀨同學有一瞬間愣住，隨即「哦」了一聲。

「東西很好吃喔，要是你也有來就好了。」

「是啊……」

不過，我想問的並不是這個。

「妳和藤並先生聊了什麼？」

「嗯，就工作之類的呀。啊，還有聊一點戀愛的話題。」

「咦，真、真的嗎！」

我嚇了一跳，但黑瀨同學看起來不是很在意地說道：

「藤並先生好幾年沒交女友了。他說：『就算交到幾個要好的女性朋友，我在對方心中就只是個好人而已。』我回說：『可以理解。』結果他就變得有點沮喪。這個煩惱有那麼嚴重嗎？」

「……這、這樣啊……」

看樣子，黑瀨同學沒有將藤並先生當作異性來看待。

這對久慈林同學來說，也許是個好消息。

「……那個，我之前介紹給妳的朋友……就是久慈林同學，還記得嗎？」

「哦，就是講森鷗外的人嘛。怎麼了？」

「……他說忘記自我介紹了。他叫『久慈林晴空』，晴空就是晴朗的天空。」

「嗯～是喔。」

但黑瀨同學的回應很冷淡。

「那種事已經無所謂啦，你還沒找到下一個人嗎？」

「……抱、抱歉，我不是很有人望……」

再聊下去也沒用，我正打算改變話題之際，忽然想起谷北同學的事情。

「……對了，妳畢業後還有在跟谷北同學見面嗎？」

「小朱璃？嗯，我們之前很常一起玩呀，最頻繁的時候一星期會見一次以上。」

黑瀨同學終於恢復平常的表情。

「但是，進入第二學期後就沒有見面了。她說要忙就職活動的事情，就不好意思約她出來。她那邊也沒傳來什麼消息，我差不多該聯絡她了。」

「……這樣啊。」

「不過，你怎麼會問起她？」

她這麼一問，我立刻慌亂起來。

「沒、沒啦，就突然好奇她過得好不好。」

「是嗎？真令人意外。」

黑瀨同學睜大眼睛，歪起腦袋。

「我還以為你和小朱璃那樣的類型相處不來呢。」

「咦？」

「我一開始也有點被她的氣勢嚇到……」

黑瀨同學苦笑著垂下視線。

「別看小朱璃那樣，她還滿禁不起打擊的。我很喜歡這種表現出人性的地方。」

「…………」

原來是這樣。

真的被黑瀨同學說中了，我其實跟那種類型處不太來，所以自己也感到很意外。

後來，那天不管做什麼，我心中都一直記掛著谷北同學。

——夢想和現實是不同的，像加島同學這樣條件很好的男生大概不會懂吧。

她向我拋出的這句話，像一顆鉛彈深深地埋進我的心底。

高中時代位於金字塔頂層的，不管怎麼想都是她，而不是我吧。

即使是現在，我也不覺得情況有倒轉過來。

她為什麼會產生這種想法？

又為什麼要去做爸爸活？

「…………」

我打開ＬＩＮＥ，查看好友名單。

接著，我從「生存遊戲會」這個群組選擇「Ａ・Ｔ（註：谷北朱璃的日文拼音縮寫）」這個帳號，發送聊天訊息。

◇

「……你叫我來這種地方幹嘛？」

隔天白天，家庭餐廳裡，坐在我面前的谷北同學板著一張臉。

「……沒、沒什麼，那個，就是想知道……前幾天看到的是什麼情況。」

「我不是說過了嗎？就是陪吃飯而已，沒有提供成人關係啦。」

谷北同學雙臂環胸，以目中無人的態度答道。

「那天收了一萬日圓，離開餐廳後在車站解散。就是這樣，你滿意了嗎？」

「所以……」

我下定決心後說道：

「那、那是爸爸活……的意思……沒錯吧？」

谷北同學有一瞬間倒抽一口氣，但隨即緊盯著我，語氣生硬地開口：

「……是又怎樣？」

「為什麼？」

想起高中時的事情，我急切地問道：

「為什麼妳要做那種事……」

「因為缺錢。除了這個以外，做那種事還有其他理由嗎？」

「就算是這樣……」

「人活在這世上都需要錢吧？」

谷北同學嘆了口氣並吐露這句話，然後鬆開雙臂。

「……我一開始也是在咖啡廳工作啊。但是，就算從寶貴的青春中抽出一小時來工作，只要喝杯星冰樂，再去超商買條口香糖就花光光了。年輕女孩子要在東京過著時尚優雅的生活實在太花錢，想揹夢寐以求的名牌包包根本是癡心妄想。而且學校的作業又很多，沒辦法多排一點班。」

「可是，只要畢業後成為正式的服裝造型師……」

聽到我這麼說，谷北同學彷彿很受傷似的移開視線。

「是啊，如果有這份希望，我或許現在還能認真地努力下去吧。」

谷北同學不經意地抬眸，環視店內。

平日中午過後的家庭餐廳，坐滿午餐吃得比較晚的人和喝茶的人。我是因為谷北同學要求才選在澀谷見面，不過她等一下可能又跟「爸爸」有約吧。

「大一的時候，靠著已經畢業學長姊的門路，我也當過服裝造型師的助理。那可是累得要命，要把租來的幾十件衣服全都熨燙到沒有一絲皺褶，在工作現場從早到晚跑個不停，怒罵聲從來沒有停過，結束後還要把所有的衣服還回去……忙完都天亮了。整整三天連沖個澡都沒辦法。明明是跟時髦有關的工作，卻一點也不時髦。打工的薪水比咖啡廳還要少，簡直沒有人權。」

說完，谷北同學看了看自己穿的衣服。她那身服裝比高中時更有少女氣息，感覺有點偏向黑瀨同學的風格。

「這套衣服和這個包包……要是變成阿姨就不適合了。我的青春只有現在。這麼寶貴的時期去當免洗員工被折磨得不成人形，還不能打扮得可愛一點……我實在是受不了。」

「但妳原本不是很嚮往服裝造型師那種工作嗎？」

「因為那時候還不知道現實啊，知道就不會嚮往了。」

谷北同學自嘲地笑了笑，目光再次從我身上移開。

「我所嚮往的世界，其實跟想像中的完全不一樣。真不曉得自己這一路以來的努力是為了什麼。就在這個時候……班上有個同學找我去當陪侍女郎。」

「陪、陪侍？……那是什麼？」

「就高級的坐檯小姐吧，我也不是很清楚。好像女生的水準大多比坐檯小姐高。」

谷北同學歪著頭，簡短地答道。

「那個女生總是一身光鮮亮麗的時尚打扮，擁有很多我想要的名牌包包。她說：『朱璃做這個一定能輕鬆賺大錢。』不過突然要從事真正的特種行業還是有點可怕……我感到猶豫後，她又說：『有個客人在找單純陪吃飯的爸爸活小姐，妳願不願意跟對方見個面？』所以就這樣開始這份工作了。」

「……嗯，我大概能理解妳的心情。」

「啥？」

突然表示感同身受，谷北同學就皺起眉頭盯著我。

「我在補習班打工當講師，當初是沒有自信馬上就能教一整班的學生，才會選擇跟學生一對一教學的個別輔導補習班。」

聽完，谷北同學的臉色就緩和下來了。

「……這樣啊，那我們的情況也許一樣吧。」

她垂下眼眸，肩膀放鬆下來似的輕聲一笑。

「加島同學看起來很正常，其實有點怪怪的呢。高中時就這麼想了。」

谷北同學這番話讓我感到很困惑，因為我並不覺得自己說的話有多奇怪。

「是、是嗎？」

「不過，如果你真的只是個平平無奇的男生，就不可能跟小露娜交往吧。現在的你可是法應男耶，小露娜太有眼光了。」

谷北同學自顧自地想通似的低聲說完，垂下頭微微一笑。

「真是羨慕小露娜……要是我也有這樣的男友，或許就會更加珍惜自己吧。」

「……追星活動呢？就是K-POP的……」

我一問，谷北同學就表情僵硬地開口說：

「所有人都因為當兵而暫停活動了。我沒有其他感興趣的團體，也忙得沒時間挖掘喜歡的藝人。」

「……當兵……」

聽到這個對日本人來說很震撼的字眼，我實在無言以對。

結果接下來只能隨便閒聊，我和谷北同學喝完眼前的飲料後，便起身走向收銀檯。

「啊，也是。」

準備結帳時，谷北同學像是猛然想起什麼似的翻找包包。她的肩背包上印著我也知道的高級品牌的標誌。

「……好久沒有在跟男人見面的時候拿出錢包了。」

拿出同一品牌的錢包後，谷北同學注視著錢包，深有感慨地喃喃說道。

「啊！抱歉。」

因為是我約她出來的，正慌張地想說應該幫忙付個自助飲料吧的費用時，谷北同學就說了聲：「沒關係。」並搖搖頭。

「我們是朋友，就讓我請吧，不然對小露娜很不好意思。」

谷北同學的表情比原先柔和許多，她揚起淡淡的笑容。

「高中的時候真的很開心，大家聚在一起做了很多好玩的事情。」

結完帳，她打開店門時這麼說道。

「……妳已經放棄阿伊了嗎？」

我直截了當地問，而谷北同學則靜靜地搖了搖頭。

「……他可是我的超級天菜耶，現在當然也喜歡啊。」

「既然這樣……」

「我現在也還是會上網跟蹤喔。」

谷北同學說出更可怕的話，並咬緊嘴唇。上網跟蹤＝網路跟蹤狂。也就是說，能透過網路獲得的個人資訊她都有在追蹤嗎？

「但已經無法跟他見面了……我沒那個臉。」

我們走在澀谷的街道上，這時有三個穿著制服的女高中生看著手機哈哈大笑，就這樣從我們身邊經過。

「真想重回過去……回到高中的時候。」

谷北同學望著她們的背影，瞇起眼睛輕聲說道：

「就算沒有穿漂亮的衣服，也沒有拿名牌包包……我還是喜歡那個時候的『朱璃』。」

她如此說著，聲音逐漸消失在空氣略帶暖意的三月陰天中。

# 第四章

這段時間，我收到一個令人震驚的消息。

關家柊吾
我錄取一間醫大了。
在北海道。

「北、北海道……！」

◇

『嗚哇——！』

聽筒傳來山名同學嚎啕大哭的聲音。

『……龍斗，謝謝你，明天有打工還特地請假。』

電話那頭的月愛憂心忡忡地對我說道。

「不要緊，本來就只有一個學生，補習班幫忙把課調到其他天了。」

已是深夜時段了。既然山名同學這時候在月愛的房間，就表示她今晚會住在那裡吧。

「可是，真的好嗎？出發前的寶貴約會不讓他們兩個獨處……」

『嗯……妮可現在是這副模樣，而且她也希望人家陪在身邊呀……』

剛才我接到月愛的聯絡，然後就緊急決定明天要雙重約會。好像是打算在關家同學前往北海道之前，留下屬於四個人的回憶。

三月下旬就收到這個消息實在太突然了。

其實這應該算是好消息，但對山名同學來說……

——我並不是因為學長將來會成為醫生才喜歡他的。

——這樣啊……學長的大學考試終於要結束了。

山名同學一定覺得不是醫大也無所謂。比起那個，她更希望關家同學考試結束之後，兩人可以有更多相處的時間。

儘管如此……他竟然要去北海道。

我自己也一樣。

——區域經理有問人家要不要去當福岡店的店長。

月愛的去留讓我在意得不得了。

山名同學此刻的心情，或許就是自己未來的心境。

想到這裡，便再也無法保持平靜。

◇

隔天，我們四人前往國內規模最大的主題樂園——東京魔幻度假區。這次是去建造在魔幻樂園隔壁的魔幻海洋，一座以海洋為主題的遊樂園。

「呀啊～好久沒來了～！」

穿過閘門進入園內後，月愛張開雙臂小跑步起來。

「最後一次來是什麼時候？我們畢業時是穿制服入園的吧？」

「沒錯！和小朱還有海愛，四個人一起來的～！從那之後就沒來過了。」

「我也是～」

山名同學和月愛一搭一唱，她正緊緊地挽著關家同學的手臂。

我前陣子才剛與山名同學見面，當時阿仁也在，所以總覺得有點對不起阿仁，彷彿自己是劈腿的共犯，心臟跳得特別快。不過山名同學的男友是關家同學，這並不是什麼虧心事。可能是因為山名同學和阿仁的感情太好，看起來有點像情侶的關係吧。

東京魔幻度假區是國際性的主題樂園，由貓咪擔綱主角。我們所有人立刻買了貓耳髮箍戴上。

「咦？露娜太可愛了吧！」

「妮可也超搭的耶！」

「總之，我們快自拍傳到ＩＧ吧。」

「好呀～！這個版本的髮箍超～可愛♡」

兩個女生嘻嘻哈哈地鬧在一起。她們的貓耳髮箍繫著緞帶，很適合女孩子戴。我是邊緣人，又沒有關家同學那麼帥，所以對於有生以來第一次將這種東西戴在頭上感到很難為情。

——嘻嘻，龍斗也很適合唷♡

月愛開心地看著我稱讚的模樣很可愛，如果這樣能讓她開心，那我很樂意陪她一起戴。

「……關家同學，恭喜你考上大學。」

當兩個女生在地球的裝置藝術前拍照時，我朝關家同學說道。山名同學從會合的時候就一直黏著關家同學，現在終於可以單獨跟他說話了。

「嗯，謝啦。」

「不過，真是嚇了一跳。竟然是北海道……」

「我也是啊。畢竟招生名額很少，沒想到會在後期（註：日本的大學考試除了共通考試之外，還會有各大學自行舉辦的二次考試，一般分為前期與後期兩個階段）考上。」

長達多年的重考生活終於獲得回報，關家同學卻意外平靜。他本來就是個愛耍帥的人，也許現在只是在壓抑雀躍的情緒，但說不定還包含了其他複雜的感情。

「……你真的要去啊？」

「都考上了，而且成為醫生是我的夢想。」

「……也是呢……」

因為還有月愛的事情，我陷入感傷之中，不過關家同學朝我展現開朗的表情。

「我放長假的時候會回來，到時候再相聚吧。這樣跟之前沒什麼不同吧？」

「……有道理。」

對於幾個月才見一次面的我而言，確實是如此。

可是，對於山名同學而言……

對於希望天天見面的人而言，這種距離應該像是隔了幾億光年那麼遠吧。

「學長♡」

這時山名同學回來了，並挽住關家同學的手臂。雖然是平常的笨蛋情侶狀態，今天看起來卻有些令人揪心。

闕家同學後天就要從東京的老家啟程。太過突然導致來不及安排搬家公司，他打算先過去那邊找間商務旅館住，決定好要租的房子後，再請父母慢慢將行李寄過來。

「龍斗。」

月愛不知何時來到我身邊，向我伸出手。她頭上戴著貓耳，臉頰潮紅的笑靨很可愛。

「…………」

我一時害羞，不禁發出像是用鼻子哼笑的苦笑。邊緣人永遠無法習慣在認識的人面前跟女友親熱放閃。

儘管如此，我還是努力牽起她的手。

「耶～♡」

月愛撒嬌似的靠過來。

穿過裝飾得五彩繽紛的正面入口時，竄入鼻間的香水味讓我感受到她。

身上並不是當年那種不確定是花香還是果香的香味。

不知不覺間，已經變成更複雜的成熟香氣。

我們最先前往的，是位於園內中央的遊樂設施。那是在火山中高速穿梭的雲霄飛車，似乎從開園當初就存在，深受遊客喜愛。

現在才剛開門不久，人還很少，排二十分鐘左右就輪到我們。

「記得這個坡度很陡耶。好久沒坐了，感覺有點可怕……」

「咦，是這樣嗎？」

坐上列車後，看到面露一絲恐懼的月愛，我也跟著害怕起來。

「龍斗沒坐過？你不是說有來過魔幻海洋嗎？」

「呃，唔……是有坐過，但那時候才小學左右……」

邊緣人沒有想跟男生一起去魔幻海洋的朋友，所以只有小時候跟家人一起來過的回憶。

「你不敢玩刺激型設施？」

「不，應該不是……吧……」

國中的時候，我和同樣是邊緣人的朋友去過花屋敷（註：日本歷史最悠久的遊樂園）。那裡的雲霄飛車是否該歸類為刺激型設施，這一點或許眾說紛紜，不過我記得自己並沒有很怕。

「太久沒坐了，我也不清楚……」

「覺得有點怕怕的？」

「沒有啦，真的沒事……大概吧。」

聊著聊著，回過神時列車已經出發了。

一開始是以中速前進，五顏六色的ＬＥＤ照亮地底礦山，呈現神祕的景色。

「呵呵，那人家就好心地牽著你的手吧♡」

月愛泛起微笑，將手伸過來，疊在我正抓著安全桿的手上。

山名同學和關家同學坐在我們前面。不用在意他人的目光。

「…………」

我收回放在安全桿上的那隻手，在自己的大腿上重新握住月愛的手。

「…………」

儘管感覺到她的視線，我卻害羞得不敢往旁邊看。

下一刻——

「呀啊——！」

列車開始急遽加速，前面的山名同學發出尖叫。

「呀啊！」

旁邊的月愛也發出開心的尖叫。

列車就這樣急速往前上升，一瞬過後衝到戶外。

從這裡可以俯瞰遊樂園的遠景，彷彿外國街景一般的異國景致令人心醉神迷……但沒過多久——

「呀啊———————！」

列車以很陡的角度下墜。

月愛用力握住我的手，我也緊緊握回去。

避免她的手離我而去。

即使墜落到地球的另一端，也不會放開月愛。

當然，列車的下墜只有一瞬間就結束了，大家都帶著笑容下車。

「比想像中還要陡，真是嚇死了～」

「妮可叫得超大聲呢。」

「叫出來才不會怕嘛。」

「人家懂～！」

月愛與山名同學嬉鬧一陣後，鑽到我身旁握住我的手。

「……在雲霄飛車上一直跟你牽著手，害人家不曉得心跳加速是哪一邊造成的。」

月愛用只有我聽得到的音量悄悄說道，並抬頭看我笑了笑。

「……妳還會對我心跳加速嗎？」

我也小聲回道。

月愛略帶羞澀地微微一笑，視線從我身上移開。

「畢竟人家又還不清楚龍斗的一切。」

「…………」

這句話意味著什麼，我心中明白。

自己也有一點臉紅了。

◇

「呀啊～魔奇～！」

走在園內時，月愛突然興奮地叫道。

我一看，發現前方的廣場上有個布偶，那是魔幻度假區的吉祥物魔奇。工作人員也跟在旁邊，想拍照的人圍成了一道人牆。

「我也想拍照～！」

「超幸運的耶！」

月愛和山名同學一起衝進人牆。

等到排在前面的人都拍完照後，她們兩人就跳到魔奇面前。

「超～可愛的～！」

「抱一下抱一下～♡」

「人家也要～♡」

魔奇的設定應該是雄性，所以看到月愛黏著牠的模樣，我心裡有點悶。察覺到自己這種心胸狹窄之處，連忙轉移注意力。

「…………」

我看向旁邊的關家同學，他正一臉毫不在意地滑著自己的手機。

「謝謝～♡」

「掰掰～♡」

她們兩個直到最後都對著魔奇不停燦笑，接著便回來找我們。

「久等了～！」

「……學長，你該不會是在吃魔奇的醋吧？」

看到關家同學若無其事地從手機抬起頭，山名同學就露出調侃似的笑容。

不過，關家同學很淡定。

「吃什麼醋。從身高來看，那裡面的人是女的吧。」

原、原來是這樣……！經他這麼一說，那個布偶好像滿矮的。

關家同學的境界讓我望塵莫及。

「啊～！在夢想國度不可以講這種話！才沒有什麼『裡面的人』呢！」

「對啊！那就是『魔奇』嘛！」

不只是山名同學，連月愛也強烈反駁，於是關家同學瞬間就退縮了。

「這……這樣啊……抱歉。」

我學到一件事，那就是別因為觀察力太好而講錯話。

隨著太陽高升，肚子也有點餓，我們便在餐車買了一些點心。

「熱狗春捲好好吃唷～♡」

「也吃吃看對面賣的海灘球肉包吧～♡」

月愛和山名同學的興致一直很高昂。

「來，龍斗，張嘴～」

「學長也嘗嘗～♡」

雖然這樣的互動有過無數次，但雙重約會的這種行為依然很令人羞恥，實在無法習慣。

於是，我們就這樣和樂融融地玩得很開心，不過園內逐漸擁擠起來，無論是體感上，還是從遊樂設施愈來愈長的等待時間都能明白這一點。

「嗚哇……要等一百六十分鐘耶。」

抵達遊樂設施後，看到顯示於等候隊伍前面的數字，月愛驚訝得說不出話來。

「不愧是春假……！」

山名同學也語塞了。

「咦～怎麼辦？」

「但還是想玩這個耶。」

「嗯，絕對不能錯過～！」

「看來開園後應該先來玩這個才對啊～」

這是飛行劇院型遊樂設施，搭乘類似懸掛式滑翔機的乘載機具，飛翔於空中展開世界旅行。這個遊樂設施還滿新的，似乎開幕後幾年來一直很受歡迎。

「哪裡都要排隊，只能等了吧……」

利用手機軟體查其他遊樂設施的等待時間後，發現大多要等超過一小時，我們就決定乖乖地排這個。

「啊～要是排隊前有買爆米花就好了。」

看到在前面與家人一起排隊的小孩子塞了一嘴爆米花，山名同學如此說道。月愛和山名同學都有從家裡帶來以前在魔幻度假區買的爆米花桶。

「啊，那人家去買！妮可要什麼口味？」

「咦？我跟妳去吧。」

「沒關係啦，妳也想儘量待在關家同學身邊吧？」

聽到月愛這番話，山名同學的臉頰染上紅暈。

「謝……謝謝。我要巧克力的。」

「ＯＫ，那人家去去就回！」

月愛拿著兩個爆米花桶離開隊伍後，我才在反省自己應該陪她去才對。自己本來就不是很機靈，一不小心就發起呆來了。

「……要不要看影片？」

我們現在更是閒得發慌，關家同學如此提議後，解鎖自己的手機。

「嗯！不過，流量沒問題嗎？」

「反正上網費變多也是我爸付。」

關家同學打開TikTok，開始和山名同學一起看熱門影片。

我跟他們隔開一點點距離，站在大概看得到影片畫面的位置。

就這樣經過了一陣子。

「……欸，那個叫『茉里奈』的是誰？」

看到關家同學的手機畫面上方彈出LINE的聊天訊息，山名同學的臉色就變了。

「高中朋友啊。」

關家同學神色平靜地答道。

「是女的吧？」

山名同學的臉上寫滿懷疑。

我感覺到氣氛不妙，便從他們身邊退開半步。

「那是LINE的群組。裡面有好幾十個人，當然會一直有人在聊天啊。」

關家同學回答得輕描淡寫，但山名同學的表情非常嚴肅。

「為什麼不關掉通知呢？」

「他們可能會聊到跟我有關的話題啊。念書時開專注模式也不會被吵到。」

「既然這樣，你現在也開專注模式嘛。」

「不是，我現在又沒在做需要專心的事情，不就只是在排隊嗎？」

「哪是啊，你正在跟我約會吧？」

兩人一來一往，誰也不肯退讓一步，但關家同學在這時候終於妥協。

「……我知道啦。」

即使關家同學將手機設為專注模式，山名同學的怒火似乎並未因此平息。

「……我之前也看過那個名字。從以前到現在，她很常在我們在一起的時候傳ＬＩＮＥ過來吧？」

她立刻開始翻舊帳。TikTok早就被撇在一邊。

「我說過很多次了，那是ＬＩＮＥ群組的聊天訊息，她是跟其他朋友聊得很開心。」

關家同學也一臉不耐煩地反駁。

「你明明跟我說念書的時候儘量不要聯絡，為什麼ＬＩＮＥ群組的訊息就沒關係？」

「當然是因為妳的訊息一定要好好回覆啊。ＬＩＮＥ群組都是想聊天的人自己聊得很熱絡，他們的訊息我看了也不用回。」

「既然可以不回，那一開始直接關掉通知不就好了嗎？」

「要講幾次……」

關家同學感覺連回嘴都嫌麻煩似的開口。

就在這時——

「爆米花買回來嘍～！排了很久呢～！」

月愛抱著兩個爆米花桶回來了。

「雖然很煩惱要選哪種，不過一開始還是要選焦糖口味啦～！來吧，啊～」

「啊……」

摯友將爆米花送到嘴邊，山名同學就這樣帶著微妙的表情張開嘴。

「……嗯，果然很好吃呢。」

咀嚼著爆米花，她的臉龐總算恢復了笑容。

「龍斗要不要？還有關家同學！」

月愛打開自己的爆米花桶，朝我們遞過來。

「啊，謝謝。」

「……真不好意思。」

月愛選的焦糖爆米花帶著令人安心的甜味，有股懷念的感覺。

「……你要吃吃看這個嗎？」

山名同學從月愛手上接過自己的爆米花桶後，打開來要關家同學嘗嘗。

「……好。」

關家同學神情有些尷尬地將爆米花送入口中。

◇

玩完我們排隊的遊樂設施後，已經傍晚了。即使很開心，但如果問我值不值得排一百六十分鐘，坦白說不太值得。可能是因為自己沒有那麼熱衷於夢想與魔法的世界吧。

我們決定去吃晚餐，便走進附近的餐廳。這間餐廳位於充滿義大利港都風情的街景中，菜色也是以披薩和義大利麵為主。採挑高設計的二樓有露天座位，我們選在那裡入座。

現在已是日落之後，海邊的建築物本來應該緩緩融入夜色之中，但在無數裝飾燈的照耀下，反而燦爛華美地開始顯現輪廓。

「嗯～吃得好飽唷！」

大家一起分食的披薩和義大利麵全都吃光後，月愛發出滿足的嘆息。

「人家去一下洗手間喔！」

她拿起包包，輕快地起身。

「好～」

山名同學目送她離開，視線忽然停在後方的餐桌上。

「咦，那個太可愛了吧，是飲料嗎？」

我也看過去，只見那張餐桌上擺著一個杯子，上面有色彩繽紛的魔奇插圖。大概是飲料或甜點吧。

「我去買給妳吧？」

如此說道的關家同學站了起來。

「咦，可以嗎？」

「可以啊……我也會幫你女友買一個。」

後半句是對我說的，然後關家同學就下去一樓了。

「咦？啊，不好意思……」

「耶～！跟露娜用一樣的杯子～♡」

山名同學嗓音雀躍地歡欣鼓舞著，卻突然間沉下表情。

「……應該是在哄我開心吧。」

是說關家同學嗎？

的確，經過剛才那座遊樂設施的排隊時間之後，他們倆之間就瀰漫著有點尷尬的氣氛。

「……我其實很不安。學長他和我不一樣，以前跟其他女孩子交往過。我就想說，高中同學裡可能也有他的前女友吧。」

等關家同學的身影完全消失後，山名同學輕聲說出這番話。

「…………」

或許我應該充耳不聞，當她在自言自語比較好。

然而心中有股想對她說點什麼的衝動，便思索該怎麼啟齒。

畢竟山名同學的這股心情，就是我過去所懷抱的想法。

「……我以前也跟妳一樣。」

可能是沒想到我會回話，山名同學一臉意外地看著我。

「剛跟月愛交往的時候……我就對她產生過那種不安。」

高二初夏，人生中最酸甜的那段歲月，當時的心情至今依然鮮明地刻劃在腦海裡。

「我是第一次談戀愛，沒有自信能與對方平起平坐……會用『月愛跟其他男生交往過，她懂得比我更多』這種眼光看待她……但是，這樣的成見會造成阻礙，導致自己沒辦法好好看著眼前的人。」

山名同學將手放在桌上撐著臉頰，興致勃勃地注視著我。

「過去的事，已經過去了……如今再去想像眼前的人有什麼過去，彷彿那段時光到現在還在持續一樣，這麼做對自己和對方都沒有好處。我是想要跟月愛在一起，而不是跟她的前男友……經過一番思考，就能夠如此看待了。」

我斟酌著字句，慢慢講完這些話之後，山名同學沉默地看著我半晌。

「……你啊，真的很怪呢。第一次跟你講話的時候就這麼覺得了。」

說完，她放下撐著臉頰的手，泛起淡淡的笑容。

「不過我現在懂了。那並不是『怪』，是你很聰明，而且個性還好得不得了。」

「咦……」

沒料到她會在這時候稱讚我，不由得感到困惑。

山名同學對我投以奇怪的目光。

「我雖然功課不好，但至少看人的眼光很準。」

她說完，垂下眼眸輕笑出聲。

「好像明白了露娜會選你的原因……還有學長會跟你當朋友的原因……真羨慕啊。」

她的側臉看起來溫柔婉約，與以往總是很強勢的她很不一樣。

「如果我不是女生，鐵定一輩子都不會跟學長成為好朋友。」

「……為什麼這麼說？」

我問道，而山名同學就看著我微微一笑。

「意思是我們活在不同的世界。你也在不知不覺間變成那邊的人了呢。」

「…………」

不知該說什麼才好，錯過了插嘴的時機。

「傻瓜也不是自己樂意扮演傻瓜。即使心中清楚這一點，還是無計可施，沒辦法從中擺脫出來，所以才會一直都是個傻瓜。」

山名同學垂眸說著，表情與內容正相反，顯得平靜溫和。

「露娜也是傻瓜，但你是個溫柔體貼的人，一定都用她聽得懂的方式來溝通吧。就像你剛才對我說的那番話一樣。」

和我對視一眼後，山名同學揚起微笑。

這個人從何時開始變得這麼愛笑呢？

還是說……她或許一點也沒變。

可能是我們的關係和第一次說話時不同了。

她不再把我當作好姊妹的男友來看待……而是視為自己的朋友了吧。

「學長要是也能這麼溫柔體貼……說不定我會得到更多救贖吧……」

夜風從海上吹來，山名同學的直髮輕輕搖曳著。

「但我就是喜歡他，這也沒辦法呢……」

拂過臉頰的風帶著一絲暖意，宣告著春天的到來。

然而，這份溫暖可能沒有傳進眼前這個人的心裡。

「假如今後還想繼續喜歡學長……就必須學會忍受這股寂寞吧……」

海邊夜景的光輝照映在山名同學眼底，她的側臉感覺比高中時更加成熟。

彷彿是在說服自己一般，她如此喃喃說道。

◇

離開餐廳後，一片夜景映入眼簾，宛如環繞大海的寶石。

「太棒了～！」

月愛雙眼綻放光采，拿出手機。

「啊，這裡拍起來應該會美到不行～露娜，來拍嘛！」

聽見山名同學的呼喚，她們兩個就以夜景為背景開始自拍。

我隔開一點距離靜靜地看著她們，關家同學這時來到我身旁。

「……今天對你有點不好意思，途中發生了爭執。」

「不會……」

我知道他是指排隊時發生的事情，便心想該幫忙講幾句話。

「山名同學一定是感到很不安吧。」

「是啊，我大概沒什麼信用……畢竟沒辦法多陪伴她，讓她信任我。」

如此說道的關家同學微微撇過頭。

「……可是，我是真的喜歡山名……想和她結婚。」

我看不到他的表情。不過，他說這句話時的聲音很溫柔。

「……你有跟她本人說過嗎？」

我一問，關家同學就看過來，露出自嘲的笑容。

「怎麼可能說得出口啊？我可是啃老的重考生耶。」

「但你現在已經不是了啊。」

「要等到四月之後。」

關家同學語調生硬地回答後，稍微轉過身去。

「……內心煎熬時，我經常會幻想。和山名結婚並生下孩子，我做著醫生的工作……回到家後，她正一邊照顧小鬼，一邊為我做晚餐，並對我說：『歡迎回來。』……只要看到這幕景象，疲勞就會煙消雲散……」

像是要掩飾害羞似的嘲弄一笑，關家同學用側臉對著我。

「這三年半來……我是為了實現那樣的未來，才有辦法一直努力下去啊。」

他的目光投向山名同學，她正背對海邊的欄杆，與月愛在一起嬉鬧。

「……這件事你有告訴山名……」

「這還用問，怎麼可能說得出口啊？」

關家同學打斷我後笑了笑。

「太肉麻啦，我又不是那種個性。」

「但假如你不說，她就不知道啊。」

「……或許吧。」

稍微自嘲過後，關家同學蜷著背，視線落在自己腳邊。

「情人節那天，山名有來我家。每次都是如此，只要我想念她的時候，她就會主動來見我。一直以來就是這樣依賴著她……所以不知道該怎麼做才好。」

啊，原來如此。

關家同學沒能說出口啊。

——那你說出口了嗎？

我明明是因為這句話才受到激勵的。

「要是距離遠到沒辦法隨時見面時……我們會變得如何呢？她的內心也沒有多堅強。」

「如果真的想見面，像校外教學那時候去找她不就好了嗎？」

「重考生和醫大生又不一樣，哪能隨便拋下課堂和作業不管啊。」

關家同學淡淡說道，就這樣看著地面瞇起雙眼。

「很難熬啊，接下來的六年……而且我可能會直接在那裡當實習醫生。」

「……怎麼會……」

不像我們四年制的大學生，醫大生結束六年的學院生活就要參加國家考試，接著還要累積兩年的實習經驗才能就業。這方面的知識我多少知道一點。

「所以是八年嗎……」

八年前的我勉強算得上是小學生。那時候根本想像不到八年後的自己會變成現在這樣。八年可是長到看不見未來，關家同學和山名同學必須分開這麼久嗎？

原以為總算能在一起，卻要面臨這種情況。

「抱歉～讓你們久等了！」

「晃得太嚴重，所以我們拍超多張的！相簿都塞爆了！」

這時，月愛和山名同學拍完照回來了。

「怎麼樣，我來幫妳選吧……這張是不是不錯？」

「啥！這張超晃的耶！」

「這樣看起來比較漂亮啊。」

「真是的～～學長就是愛欺負人～～！」

關家同學和山名同學看著手機打情罵俏。

與關家同學在一起時，山名同學的表情完全不同於跟阿仁在一起的時候。

不過，他們兩個一直以來都是這麼相處的吧。從國中時期……彼此還是桌球社學長和經理時就是如此。

「欸～表演要開始了！我們去那邊吧！」

月愛挽住我的手臂，將我拉走。

海邊的廣場已經聚集了一大群人。

「哇～！」

無數燈飾同時熄滅，燈光集中在即將在海上展開的表演。

彷彿結合夢想與魔法所交織而成的旋律，以震耳欲聾的音量傳入耳中。

魔奇和其他同伴角色，以及故事中的登場人物們接連登船現身，這場水上表演持續了三十分鐘左右。

不久後，園內開始施放閉幕的煙火。

「好美唷～！」

看著煙火照亮月愛的臉龐，令我想起高中時代的夏天。

——雖然不是在這裡的祭典，但不管是穿著浴衣和男人走在一起……或是一起看高空煙火，人家都不是第一次經歷。

從那之後，我們一起看過好幾次煙火。

每當看到燦爛的火花綻放在那雙水汪汪地大眸裡，就覺得月愛很惹人憐愛。

如今早就不在意她第一次看煙火的對象不是我了。

但是——

我不希望今後沒辦法兩個人一起看煙火。

想要像這樣一直待在她身邊。

哪怕只有心也好。

「……怎麼啦？」

我沒有抬頭看天空，只顧著看月愛，所以她一臉疑惑地望向我。

「……沒事喔。」

我露出微笑想讓她放心，但笑得不太好看，嘴角都歪掉了。

「…………」

月愛凝視著我，一副有話想說的模樣。

這樣的她楚楚動人。

不想讓她前往任何地方。

「咦……」

突然被摟住肩膀，月愛發出一聲驚呼。

關家同學和山名同學都在我們前面。

儘管如此，這裡還是有非常多不認識的人。

換作是以前的我，大概辦不到這種事吧。

——假如今後還想繼續喜歡學長……就必須學會忍受這股寂寞吧……

——要是距離遠到沒辦法隨時見面時……我們會變得如何呢？

看著山名同學和關家同學，我似乎也變得有點不安。

「龍斗……？」

感覺到月愛的視線停在我身上，我抬頭看煙火，不發一語地摟著她的肩膀。

◇

「超漂亮呢！」

「真的好看到不行！」

煙火結束後，人潮湧向出入口，走在其中的月愛和山名同學興奮地討論著。

「雖然魔幻海洋和魔幻樂園都很好玩，但下次去環球影城吧？」

「啊，好呀！等放暑假的時候。」

聽到山名同學的提議，月愛的雙眼都發亮了。

「大阪應該沒辦法當天來回吧～？」

「對啊，那就訂相鄰的房間，睡前找彼此玩吧～」

「男生住一間，女生住一間？」

「又不是校外教學，當然是情侶各住一間啊。」

被山名同學取笑，月愛羞紅了臉。

「這、這樣啊……說得也是呢。」

聽到這些，我的心情也躁動起來。

山名同學和關家同學今天好像有在附近的旅館訂房間。關家同學後天就要啟程了，應該是想在那之前儘量待在一起吧。

「你們等一下有什麼打算？」

關家同學在出入口附近這麼問道，我便停下腳步。

「……啊，我突然想起有點事。」

「咦？龍斗，怎麼了呀？」

旁邊的月愛也驚訝地停住腳步。

「關家同學你們先走吧，我們就在這裡道別。」

「啥？你有什麼事？」

山名同學一臉狐疑地追問，不過關家同學察覺到了什麼，便拉住她的手臂說道：「我們走吧。」

「那麼就再見了，今天很謝謝你。」

「嗯，後天見。」

我後天也會去為關家同學送行。

「妮可，下次見唷～！」

「嗯，下次見～！」

月愛和山名同學也向彼此道別後，我們揮著手目送他們離開。

「……所以，你有什麼事？」

「呃，嗯，就是……」

我的眼神游移不定。

其實，我並沒有安排計畫。

但還是想做點什麼。

必須將此刻的心情告訴月愛。

受到一股焦躁感的驅使，我轉身背對她。

「妳在這裡等一下！我馬上就回來！」

「咦！」

耳邊傳來月愛困惑的聲音，我從口袋裡拿出手機。

「……抱歉，讓妳久等了！」

我氣喘吁吁地回來後，月愛正拿著裝有飲料的紙杯站在原地，朝我露出笑容。

「你回來啦！快看快看，人家買了珍珠奶茶唷，龍斗也喝一口……」

「給妳！」

我把藏在背後的東西遞給她。

「咦……玻璃鞋？」

月愛看到後睜圓了雙眼。

「你去買回來的嗎？」

「嗯，我想送妳這個。」

我接過她手上的紙杯，然後將玻璃鞋遞過去。

「謝謝……是很可愛啦……但為什麼？」

「…………」

這是很理所當然的疑問。

——但假如你不說，她就不知道啊。

剛才對關家同學說的這句話，彷彿迴力鏢般打回自己身上。

「……呃，玻璃鞋這個東西，是王子在尋找認定的結婚對象時，握在手上的線索……」

「嗯？」

「王子想和這隻鞋子的主人結婚……所以……」

我愈來愈搞不懂自己在說些什麼，於是下定決心直接講重點。

「等我大學畢業後……我、我們結婚吧。」

我沒有勇氣看月愛的表情，視線停在她的裙邊，不敢往上看。

「……龍斗……」

聽到月愛茫然的低喃聲後，我終於抬起頭。

月愛雖然很驚訝，但臉上露出喜色。我見狀便安心下來，注視著她。

「所以，那個……如果妳要去福岡，我也會在那裡找工作……」

心情焦急，我沒辦法好好組織語言。

「所以，真的沒關係！我四月之後就是大三了，只剩兩年而已！」

「…………」

「暑假我會去找妳的，寒假和春假也是……甚至可以靠打工賺交通費，儘量每星期都去找妳……」

這時，月愛忽然微微一笑。她的表情看起來感動不已，充滿深切的情意。

「龍斗……謝謝你。」

她語調輕柔地低聲說完，稍微垂下頭。

「……嗯。人家決定了，明天就回覆區域經理。」

這麼說著，她抬頭看我。

「事情都確定下來後，人家會告訴你的。不過，別擔心。」

「……嗯。」

不知道月愛會怎麼回覆區域經理，所以有些憂慮。

這一點也要等到事情確定後才會告訴我吧。

「……話說回來，人家真是嚇了一跳耶，完全沒想到你今天會說這些話。」

月愛突然開朗地笑了。

我也因此恢復平常的狀態。

「抱、抱歉，我搜尋在魔幻海洋給伴侶製造驚喜的方法後，出現的全是求婚的事情……自己也覺得好像有點操之過急了。」

看著月愛手上的玻璃鞋，我這時才感到羞恥，背上流著冷汗。

「……但這是……我的真心。」

唯有這一點，我想再次明確地告訴她。

「嗯……人家很高興。」

月愛瞇起眼睛微笑，凝視著自己手上的光輝。

「……其實，人家有小小期待過你什麼時候會提這個。」

「咦？」

見我愣住，月愛揚起調皮的笑容。

「你跟海愛說過吧？『大學畢業後，我打算和月愛結婚』這句話。」

「啊，那個是……」

黑瀨同學這傢伙……！

沒有要求她保密，確實是我不對。

「……高、高中的時候……我就有這個打算了。」

「人家也一樣。」

月愛用害羞的眼神看著冷汗直流的我。

「人家以前就想跟龍斗結婚了，當然現在也是。」

「月愛……」

我忽然在意起別人的目光，便張望著周遭。

煙火結束後，園內充滿回家的氛圍，這一帶離出入口很近，人潮來來去去。大家都熱衷地聊著等一下該買的伴手禮和接下來的打算，沒有人注意到站在建築物牆邊說話的我們。

山名同學他們應該已經抵達旅館了吧。

「……妳、妳明天從早上就要工作嗎……？」

我語氣僵硬地問，月愛也同樣僵硬地點點頭。

「嗯、嗯……」

「果然啊……」

我們腦中一定閃過相同的念頭。

「…………」

只是錯失一次機會，怎麼就變得如此困難呢？

明明從三年前那個時候起，我們的心意應該都沒有改變。

「…………」

經過有點久的沉默之後——

「……回家吧。」

月愛朝我伸手並邁出步伐。

「……好。」

我牽住她的手，與她並肩同行。

月愛的手傳來暖意，讓我感覺到春天的來臨。還是說，是自己剛才拿著珍珠奶茶杯子的手太冰涼的關係呢？

「人家會珍惜這個的。」

朝我示意手上的玻璃鞋後，月愛微微一笑。月光石在她的耳朵和手指上閃爍著光芒。

月愛一直都很珍惜我送的禮物，明明那大概不是值得戴好幾年的昂貴飾品。

「……我會好好努力，以後送妳更好的東西。」

我因為羞恥而小聲地說道，小聲到月愛似乎沒有聽清楚。

「咦？」

她疑惑地回問，我則笑著搖搖頭。

「沒什麼。」

只要即將下沉的新月有聽到我的小小誓言就好。

# 第五章

雙重約會的隔天早上，我在床上打開手機後嚇了一跳。

祐輔
我可能要交到女朋友了。

「咦！」

不，阿伊現在是高個子帥哥，他交到女友完全不奇怪。
只不過那麼邊緣的人，究竟是在哪裡認識了什麼樣的女孩子，又是怎麼變親密的？

仁志名蓮
這是怎麼回事啊！
那個人是誰！

長得正嗎！
快老實招來！
準備通話喔！

阿仁好像也很好奇，立刻打了一連串訊息，然後開始群組通話。

『沒啦～就昨天有網聚啊。』

『網聚？KEN粉的嗎？』

『應該說是我的粉絲聚會吧。』

『啥？』

『我和常常在Twitter留言給我的粉絲們見面了。』

『啊～？』

『然後啊，有個女生說她非常喜歡我。』

『是喔……』

「噢，不錯嘛。」

『感覺她是真的很喜歡我耶，馬上就在Twitter發文講昨天的事情了。』

『哦？』

『她還有送我禮物呢。』

『是喔……』

「這樣很好啊。」

『我們今天下午要單獨見面。』

「真的啊？所以你們準備交往了嗎？」

阿仁情緒有點低落，所以由我來提問。

『不知道耶～！如果她問我，應該會答應吧～！』

阿伊已經開心得忘乎所以。

「這樣啊，那祝你們幸福。」

通話結束後，我覺得有點感慨。

「阿伊要交女朋友了啊……」

腦海裡忽然閃過谷北同學的身影。

——他可是我的超級天菜耶，現在當然也喜歡啊。

「…………」

不過，這也無可奈何呢。

如果阿伊喜歡那個女孩子，就沒有谷北同學出場的餘地了。

想到這個，不由得有點鬱鬱不樂。

手機這時發出振動，我一看，發現是阿仁打來的電話。

「阿仁？」

『欸，阿伊剛才說的女生，我找到疑似她的Twitter帳號了。』

「咦？」

動作真快……但有必要做到這種地步嗎？可能是覺得假如阿伊交到女朋友，自己就會被拋下而感到不甘心吧。

『這女的很不妙喔。』

「咦？」

『我把帳號傳過去，你看看。』

說完這些，阿仁便掛斷電話。

我查看他傳來的帳號——

「嗚哇……」

然後忍不住叫出聲來。

茶桃太郎
跟偶像約會了♡

一起上傳的照片中，拍到桌上兩個玻璃杯並排的景象。既然是網聚，應該還有其他人在才對啊……

茶桃太郎
一樣的♡　會被發現嗎？

下一張上傳的照片拍的是馬克杯。我不懂這是什麼意思，去看阿伊的帳號後，發現在她那篇貼文不久前，阿伊上傳了同一款馬克杯的照片。

嗨咖祐輔
網聚收到的禮物～謝啦！

——她還有送我禮物呢。

說起來，他是有提到這件事。

所以送給阿伊的那個禮物，她自己也有買一個，然後發「一樣的♡」這種暗示親密關係的推文嗎？

這不是多巧妙的布局，稱不上特別惡質，但總覺得不忍直視。

我繼續看了一下，她回覆其他人的留言也是很有問題的內容。

心海
不就網聚而已，哪是約會啊。

茶桃太郎
咦ｗｗｗ討厭啦～這不是沒辦法來網聚的心海小姐嗎ｗｗｗ妳是不是長得很醜呀？ｗｗｗ嫉妒辛苦嘍ｗｗｗ

「太嘲諷了吧……！」

這實在讓我很傻眼。

「阿仁，那女的確實很不妙啊。」

我忍不住打電話給阿仁。

『對吧！但阿伊完全沒察覺到耶。我剛才打電話跟他講這些，結果他竟然笑著說：「她就是有點太喜歡我啦～」根本是腦袋有洞。』

「而且他們今天還要單獨見面吧？完蛋了，他大概會變得更得意忘形。」

「所以啦，我有跟他說：『我和阿加也要去。』」

「咦！你幹嘛自作主張啊！」

「你有別的事情嗎？」

「三點要去編輯部打工……」

「哦～那沒關係，他說十二點見面，在那之前就會結束了吧。」

「咦……」

話雖如此，我很擔心阿伊。

儘管我們都是不擅長跟女生相處的邊緣人，但阿伊更是不會處理人際關係。三年前的校慶，明明不是懲罰遊戲，他卻乘著高昂的興致，突然就向谷北同學告白了，在面對女性上是有令人不放心的地方。

到最後，我也要跟阿仁一起去找他們，於是結束通話就準備整裝出門。

這時，忽然心生一念。

打開ＬＩＮＥ的聊天室畫面後，開始寫訊息給「Ａ・Ｔ」。

◇

「初次見面，我是茶桃太郎～」

一個女孩子出現在約定見面的家庭餐廳，親切友善地對我們這麼說道。

阿伊、阿仁和我在三十分鐘前會合，坐在店內的四人桌心焦難耐地等待她的到來，而這股緊張感在她出現的瞬間終於達到高峰。

「啊，妳坐這裡吧～」

「好～♡」

她坐在阿伊旁邊的靠牆沙發座……也就是我的正面，我謹慎地稍微打量她幾眼。

老實說，她不是我的菜。若用宣傳標語來形容，就是「班上排名第十六可愛的女生」。

看起來對穿搭很講究，穿著有點飄逸、充滿少女氣息的衣服。以風格來說，應該跟以前的黑瀨同學很接近。

畢竟是ＫＥＮ粉，大概也是個阿宅，不過她笑容滿面，看起來倒是很平易近人。或許是因為現在是在阿伊……她喜歡的人面前吧。

「……嗯～不會吧？」

隔壁的阿仁像是不小心說溜嘴似的咕噥一句。

我用手肘稍微使勁撞了他一下。

「我的朋友呢，說不管怎樣都想見見茶桃太郎同學。他們是我高中時代的朋友，兩個都是ＫＥＮ粉，我們在學校的時候都會聊ＫＥＮ的事情。」

阿伊興高采烈地對她說道。他似乎雀躍得快飛上天了。

「真的呀～好好喔～！茶桃在學校都沒有ＫＥＮ粉朋友耶～」

茶桃太郎同學也興致勃勃地搭腔。

他們這樣說不定很配，但我知道她在Twitter上是什麼樣子，對她產生不了多少好感。

「……茶、茶桃、太郎同學？妳……幾歲啊？」

茶桃太郎同學看起來年紀滿小的，我便這樣詢問，而她朝我笑了笑。

「十七歲。」

「咦，所以妳是高中生？」

「對。」

「這、這樣啊……」

我和阿仁互看著彼此。

事情本來就很不妙，她竟然還是高中生……

我更加不希望阿伊跟她交往了。

然而，阿伊和她早就陷入熱戀當中，不知道該說什麼才能阻止他們交往。

「茶桃同學真的很年輕呢，皮膚超好的。」

「哪有～♡嗨咖先生才超帥的好嗎～」

現在才講這個有點晚，不過阿伊的「嗨咖祐輔」這個網路名稱真的愈聽愈覺得好笑。而且暱稱還是「嗨咖先生」，這種情況下根本是在諷刺吧。

「……嗚哇～」

旁邊忽然傳來聲音，我一看過去，發現阿仁正在大腿上看著自己的手機。

「阿加，快看這個。」

我看向他遞來的畫面，上面顯示著茶桃太郎同學在Twitter上的最新貼文。

茶桃太郎
今天也跟偶像約會♡　一樣的飲料♡　LOVE♡

這篇貼文有附照片，拍的是桌上兩個自助飲料吧的玻璃杯。不曉得她什麼時候拍的，但她和阿伊確實都是喝可樂。而且還細心地標記了位置，是打算向全世界炫耀這件事嗎？

在這之後，阿伊和茶桃太郎同學那不堪入目的親熱舉動也絲毫沒有停下的意思。

「嗨咖先生蓋的那棟建築超厲害的～♡就是像嚴島神社的那個。」

「哦～那個啊！其實很簡單啦！一個小時就蓋好了！」

「咦～你騙人～」

「真～的很簡單啊！以我的程度來說啦～」

「咦～天才♡太喜歡你了～♡」

「對吧～可別迷上我喔。」

「咦？早就迷上啦！」

「哇哈哈～」

雖然我覺得茶桃太郎同學有很多問題，但事情發展到這個地步，阿伊自己也有責任。高中時代可以稱為死黨的朋友，即使現在是快要交到第一個女朋友的重要時刻，也沒想到他會變成這麼丟人現眼的傢伙。

想到這裡，一種超越傻眼、近似憤怒的情緒逐漸湧上心頭。

阿仁似乎也是如此。

他一臉受不了地對我說道。

「……夠了，我要回去了。阿加也走吧。」

「嗯……」

阿伊已經沒救了。

事已至此，就算他對自己的女粉絲出手而在圈內引起風波，落到被KEN永BAN的下場，或是因為與未成年少女發生性行為而遭到逮捕，那也只能說他活該。

我這麼想著，跟阿仁一起站起身。

「喂，妳是在幹嘛？」

這時，耳邊傳來與家庭餐廳格格不入的怒吼聲，店內客人一齊看往那個方向。

有個年紀輕輕的男生站在我們座位的後面，往這邊瞪過來。

我理所當然地以為他是要找其他桌的客人，便移開視線不和他對看，他卻筆直地朝我們走來。

「……所以，嗨咖祐輔是哪個傢伙？」

那個男生的視線輪流掃過我們三個男生的臉，然後瞪著茶桃太郎同學。

「喂，回答我啊，茶桃！」

這時我才恍然大悟，原來他跟茶桃太郎同學認識。

「…………」

茶桃太郎同學低垂著頭，不吭一聲。

「是你嗎？」

他盯著正前方的我問道，我不由得使勁搖了搖頭。

「那麼，是你嗎？」

下一個遭到瞪視的阿仁也全力搖頭。

「……是你啊。」

阿伊就沒有否認了。不過，他也無法點頭，彷彿整個人呆住了，毫無反應地注視著那個男生。

他不管怎麼看年紀都比我們小，應該跟茶桃太郎同學一樣高二左右。儘管講起話來充滿氣勢，但不像是流氓，穿著打扮也比較接近邊緣人的感覺，是個隨處可見的普通青少年。

正因如此，感受到他那股純粹的怒火時，很令人毛骨悚然。

「你這傢伙幹嘛亂動別人女友啊？」

我已經預料到一半，聽到這句話便明白一切。

「女、女友……？」

阿伊一臉茫然。

那是從天堂被推落地獄的表情。

「再說，這根本不是約會啊，你們在做什麼？還有妳在Twitter上寫那種東西，以為我不會發現嗎？」

被男友一瞪，茶桃太郎同學再次垂下頭。

「那、那個，對不起。嗨咖先生是茶桃的偶像，能夠認識他非常開心……很想跟其他女粉絲炫耀……就這樣而已……」

「你們做了嗎？」

「沒做……」

茶桃太郎同學就這樣垂著頭，語氣消沉地答道。

「……真的？」

男友滿腹懷疑地瞪視女友。

「真的，昨天網聚是第一次見面！」

「絕對沒做！這個人可是萬年處男！」

「他才沒有那種能力！」

不知為何，變成我和阿仁代替沉默的阿伊卯足全力擁護他。

店內人們那種好奇看戲的眼神令我如坐針氈。

「……不准再跟他見面，知道了嗎？」

聽到男友的命令，茶桃太郎同學深深地點頭。

阿伊則滿臉憂傷地看著她。

「那就走吧。」

男友這麼一說，茶桃太郎同學就站起身，結果阿伊也不知怎地站起來。

我和阿仁留在這裡也不能幹嘛，便一同起身。

大家一個接一個排在收銀檯前，分別為自己點的自助飲料吧結帳，全程無人說話，經過了一段很詭異的時間。

接著，一行人走到店外。

「走了。」

男友的聲音還帶著怒氣，茶桃太郎同學聽到後瞥了阿伊一眼，沒有說什麼就邁出步伐，準備跟上男友。

「……等等！」

這時，阿伊向茶桃太郎同學喊道：

「茶桃同學！」

茶桃太郎同學和她男友都停下腳步，往這邊看過來。

在這種情況下，阿伊只注視著茶桃太郎同學一人，帶著悲愴的表情開口：

「……跟那傢伙分手，和我交往吧。」

「啥？」

男友瞬間一臉要發飆的模樣。

這條寬闊的人行道離車站前很近，林立著整齊劃一的行道樹，行人經過時都不解地投來好奇的目光。

阿伊毫不退怯地繼續訴說：

「我喜歡妳。茶桃同學，求妳了……」

站在男友身旁的茶桃太郎同學皺起眉頭，看著阿伊低頭拚命懇求的模樣。

「……對不起。茶桃是將你當作偶像來喜歡，並沒有那種意思……」

「這是什麼話……喜歡不就行了嗎！妳是我的粉絲吧！那和我交往啊……！」

阿伊抬起頭，不肯罷休地對茶桃太郎同學說道。

「阿伊。」

阿仁抓住阿伊的手臂示意他放棄，但兩人體格有差，阿仁輕而易舉地被甩開。

「這傢伙，開什麼玩笑啊！」

這時，男友再度大發雷霆，朝我們走了過來。

「你欠揍是不是！」

男友用力揮起手臂，阿伊頓時嚇得往後跌倒。

我懂他的心情，畢竟他應該跟我一樣沒有豁出性命打架過，但還是覺得這樣非常遜。

「茶桃同學……」

維持跌坐在地、兩手撐在後面的姿勢，阿伊死纏爛打似的低聲說道。

「吵死了，小心我真的打下去啊！」

男友感到煩躁，再次朝阿伊揮起手臂。

就在這時——

一道人影從我們背後衝出來，出現在阿伊前面。

「你是笨蛋嗎！」

尖銳的女聲迴盪在人行道上，接著「啪！」地響起搧耳光的聲音。

「不要做這種丟臉的事啦！我可是從店裡目睹了全程經過耶！」

她跨坐在阿伊身上，抓著他的前襟說道。

「谷、谷北同學……！真假啊！」

阿仁在我旁邊喃喃說著，彷彿驚呆了。

也對，我並沒有告訴阿仁，他理所當然會驚訝。

龍斗
阿伊可能要交到女朋友了喔。
沒關係嗎？

A・T
是茶桃太郎吧？
她好像有男友，難道是打算換對象嗎？

龍斗

啊，原來妳知道啊……

總之，他們約在家庭餐廳見面，我把地點傳給妳。

我回想先前在LINE聊天室的對話內容。

雖然沒察覺到，她應該是坐在家庭餐廳的某個座位上，關注了我們這邊的整個過程吧。

「為什麼是那女的啊！我比她可愛十倍，比她喜歡你一百倍耶！」

阿伊被壓倒在地，一句話都說不出來，谷北同學朝他連珠炮似的說道。

「你不要繼續在那種傢伙面前出醜，別糟蹋我這三年來的單相思啦！明明這麼帥！」

「咦？谷北……咦，怎麼回事？為什麼……」

這時，阿伊總算開口說話，而谷北同學則一臉居高臨下地回道：

「……你記不記得『心海』？」

「……咦，是那個每次都會在Twitter留言給我的粉絲……？」

谷北同學用力點頭。

「心海就是我。其實之前還有另一個帳號，但不小心搞砸，被你封鎖後創了新帳號。」

「……咦……」

「我明明住在東京，有那麼多場網聚卻一場都沒參加，你是不是以為我是個見不得人的超級醜女？」

「咦……咦……！」

阿伊的嘴巴一張一合，看起來沒有搞懂現在是怎麼回事。

「咦……妳是喜、喜歡我嗎……？」

「誰會每天留言給討厭的傢伙啊！」

谷北同學用鬧脾氣的口吻答道，很不像在對喜歡的男人說話。

「這、這是當作『偶像』嗎……？」

可能是才剛經歷過茶桃太郎同學的事情，阿伊變得很謹慎。

「要怎麼說都行，無論是伊地知祐輔還是嗨咖祐輔，我全都喜歡。如果你想交往，我就會跟你交往；如果你想做，就會跟你做。我就是太喜歡你的外表了。」

谷北同學皺眉一口氣說完後，阿伊立刻露出驚慌的表情。

「咦？可是校慶時妳狠狠甩掉了我……」

「因為伊地知同學那時候很胖嘛！我可是阿宅耶，當然非常挑剔外貌啊！既然要告白，一開始就先減個肥啦！」

宛如機關槍般喋喋不休地數落完畢後，谷北同學難過地咬緊嘴唇。

「……這樣的話，我就不用抱著這種心情度過好幾年了……」

路上的行人經過時都會稍微繞開，邊走邊回頭看他們。

站在阿仁身邊不遠處的我，好像也成了這齣好戲的一員，坦白說有點坐立難安。

不過，兩個當事人似乎無暇顧及這些。

「咦？那個，難道說……所以，現在這個當下……妳也喜歡著我……？」

阿伊不知所措地問道，努力想整理情況，而谷北同學聽了，再次擺出不悅的臉色。

「還問，你是笨蛋嗎！不要讓我重複說好幾遍啦！要是不喜歡，我哪會來這種地方啊！而且還捲進這種鬧劇裡……丟臉死了！你要怎麼賠我啊！」

「…………」

阿伊瞬間滿臉通紅。

然後——

「咦！」

正好坐在阿伊胯下一帶的谷北同學，動作慌張地將身體抬起來。

「真、真是的，你是在興奮什麼啦！」

「啊，對不……」

「色狼！變態！」

阿伊連忙道歉，谷北同學則紅著臉毫不留情地痛罵。

然而，她忽然用深情的眼神凝視著阿伊。

「我喜歡你……」

渾然忘我似的喃喃說完，谷北同學在阿伊的唇上落下一吻。

「…………」

見到他們大白天公然在街上接吻，我還來不及跟阿仁對視就驚訝得倒抽一口氣。

「我早就想這麼做了。」

谷北同學離開阿伊的嘴唇後注視著他，陶醉的神情中帶著幾分酸楚。

「…………」

阿伊也臉頰泛紅，向她投以不敢置信、恍如身在夢境一般的眼神。

「……等、等一下，谷北同學！到此為止！」

「冷靜！冷靜！」

看他們一副要在大街上做起來的模樣，我和阿仁趕緊將谷北同學從阿伊身上拉走。

回過神時，茶桃太郎同學和她男友已經不見了。

這是當然的吧。

「好，所以說，你們兩個算是開始交往了吧？」

阿仁有點自暴自棄地拋出這句話。

阿伊也站起身，我們四人移動到人行道的行道樹旁邊，站在不會妨礙行人通過的地方。總算不用再面對別人看戲的目光，我暫且鬆了口氣。

「…………」

阿伊和谷北同學沉默地看著對方，探究彼此的表情。

從他們的樣子來看，答案只能是「ＹＥＳ」了。

我這麼想著，執起阿伊的左手和谷北同學的右手，讓他們握在一起。

「……好，那就確定是這樣了。」

兩人牽著手，飛快地互看對方一眼，然後魂不守舍地移開視線。

他們大概還沉浸在初吻的餘韻中吧。

「你們應該有很多話想說，接下來就好好享受兩人時光吧。」

阿仁說完，從背後推了阿伊和谷北同學一把，他們兩個就這樣手牽著手，在人行道邁步前進。

「……唉，這樣就連阿伊也交到女友了啊。」

目送那兩人的背影逐漸消失在路過的人群中，阿仁無奈地嘀咕道。

「對啊。」

「嘖～真是無聊。」

雖然嘴上講這種話，阿仁的表情卻透露他現在也感到心情很舒暢。

我最後又看了一次那兩人牽著手愈走愈遠的背影。

「……你們要幸福喔。」

然後，我如此低聲說道。

◇

朱璃

加島同學，今天很謝謝你！

我把「爸爸」全都封鎖了，放心吧！

現在超～幸福的！

當天晚上，谷北同學傳ＬＩＮＥ給我。

「……谷北同學還是老樣子。」

看到進展不錯的內容，我忍不住露出苦笑。

◇

隔天傍晚，我去為關家同學送行。由於是星期六，其實這個時間本來要在補習班打工，幸好最後一節課的學生因為個人因素而調課了。

聽說事情決定得太突然，導致關家同學沒能在航空業旺季訂到時間合適的航班，最後變成搭新幹線過去。

「嗨，不好意思讓你特地跑一趟。」

在大宮站見面時，山名同學已經在關家同學身旁。他們今天應該也一直待在一起吧。關家同學只帶著一個藍色行李箱和腰包，看起來像是要去四天三夜左右的旅行。

「…………」

山名同學不怎麼說話，表情彷彿正在靈堂守夜一樣。

「妮可……」

月愛關心地看著變成這副樣子的摯友。聽說是山名同學要求月愛過來的，因為她覺得送走關家同學後，自己應該沒辦法保持平靜。而我也就這樣決定一起來了。

「……差不多該去月台了。」

「嗯……」

關家同學和山名同學很少交談。也許是隨著離別的時刻接近，兩人都不曉得這種時候該說些什麼才好。

關家同學搭乘的新幹線是晚上六點前發車。他今晚好像要住在終點站函館的商務旅館。傍晚的車站內擠滿春假人潮，我們四人走在其中，來到新幹線的月台。

乘客們在候車區沿著月台地上的線排隊。關家同學與山名同學一起排在隊伍的最後面。顯示於月台上方的發車時間一分一秒逼近。

「……嗚……」

山名同學摀著嘴巴哭了起來。

「笑琉……」

關家同學抱住山名同學，他的臉上終究流露出痛苦的神色。

「……月愛。」

我喚了月愛一聲，從他們身邊退開一點距離。

關家同學和山名同學相互依偎著，臉龐湊得很近，小聲地對彼此說著什麼。

「嗚……」

山名同學不時哽咽，奪眶而出的淚水從臉頰滑落。

月台上響起列車進站的廣播，只見流線形的車頭一邊減速一邊駛進車站。

那是關家同學要搭的新幹線。

「關家同學……」

我們也走近車門，向準備上車的關家同學道別。

「要保重喔。」

「嗯，暑假再相聚吧。」

關家同學用力揮了揮手，像是要驅散感傷的氣氛。

「……不行……」

這時，山名同學抽抽噎噎地哭著蹲了下來。

「什麼暑假……春天都還沒到耶……嗚……」

「笑琉。」

關家同學握住山名同學的手臂，扶她站起來。

月台上的排隊人潮已經全都湧進車內了。關家同學先將自己的行李箱放上車，然後用雙手擁抱山名同學。

「……山名。」

關家同學蜷著背，視線落在她布滿淚痕的臉龐上，呢喃似的說道：

「跟我走吧……不想跟妳分開。」

第一次看到關家同學露出那種表情。

平時那副裝模作樣、故作從容的神態消失無蹤，他難受地皺眉，看起來像是在哀求。

「……！」

山名同學瞪大雙眼，彷彿感受到天啟。

「……啊……」

她張開嘴唇想說什麼，卻只是空虛地顫抖著。

這時，發車鈴以無情的音量響徹四周。

「學長……」

山名同學的雙眸湧出滂沱淚水。

「……我……嗚……」

宛如溺水的人遭海浪沖走時探頭求救，山名同學用喘息般的聲音說道。

「……不能……跟你走……嗚！」

淚水止不住地向外溢出，在月台的地板形成點點淚斑。

「……這樣啊。」

關家同學低聲嘟囔道，表情無助得像是一個迷路的少年。

他的手放開山名同學，往新幹線的車門走進去。

彷彿正在等待這一刻似的，車門迅速關閉，冰冷的鋼板將兩人分隔開來。

從車窗可以看見關家同學，他的臉龐愈來愈遠，逐漸消失在視野中。

最後映入眼簾的是他泛起淡淡笑容的模樣，這成了唯一的慰藉。

「學長……唔！」

山名同學在月台上抱膝痛哭。

「妮可！」

月愛衝到她身邊蹲下來，雙手環抱她的肩膀。

「學長太過分了，最後竟然講那種話……！」

山名同學抽抽噎噎地哭著，像是要發洩似的傾吐內心的話語。

「我已經不是小孩子了。早就決定好要在這裡工作，也有必須守護的生活。」

月愛眉頭深鎖，默默地輕撫摯友的背。

「媽媽……我不能丟下媽媽……她可是我唯一的家人啊……」

「……是呀，人家明白。」

月愛也熱淚盈眶地抱住山名同學。

「要我拋棄一切，只相信學長一人，跟他去遙遠又陌生的土地……？現在已經不是能夠談那種戀愛的年紀了啊……」

「嗯……」

「我們都長大成人了……」

「……嗯……嗯。」

月愛深深地點著頭，像是要籠罩著她似的牢牢抱緊摯友。

我動也不動地佇立於月台，靜靜地守望她們。

內心思考著，不知道獨自待在新幹線上的關家同學此時在想些什麼。

◇

後來，我們走進大宮站附近鬧區裡的一間居酒屋。

「這種日子就是要來喝一杯，不然撐不下去啊。」

山名同學比想像中還要有精神。儘管雙眼哭得紅腫，除此之外已恢復平常的狀態。

店內充滿歡快熱鬧的氣氛，讓我稍微聯想到山名同學打工的居酒屋「酒神」。也許是因為置身於這種環境，才會覺得她和平時一樣吧。

「嗯嗯，喝吧喝吧～！人家今天也會奉陪到底喲！」

可能是為了替摯友打氣，月愛也表現得很開朗。如同這番宣言，她手上正握著金賓威士忌的帶柄玻璃杯。

「咦！」

「真的喔？那喝到晚上十二點就可以一起乾杯啦。」

「龍斗明天終於要滿二十了呢。」

現在才晚上七點多，未免喝太久。

「饒了我吧。」

「對呀～而且人家明天也要上班。」

月愛笑著幫腔。

雖然她這麼說——

「……現在該怎麼辦啊？」

兩個小時後，我身旁的月愛趴在桌面，將臉頰靠在交疊的雙臂上發出平穩的呼吸聲。

「呃，唔……最多就是叫計程車吧……」

從這裡到月愛家應該要將近一萬圓，但這種情況下也沒辦法。

「……她是在勉強自己陪我喝。平常不喝酒的人……為了我喝成這樣。」

山名同學用手托腮，斜眼望著摯友的睡臉。

她手邊擺著裝有梅酒的玻璃杯，冰塊融化後將梅酒稀釋得近乎無色。

「……我可能堅持不下去了。」

她忽然輕聲如此說道。

「要不要跟學長分手呢？」

「……咦……」

這句話讓我備感意外，揣測不出山名同學的真實想法，凝眸注視著她。

山名同學就這樣看著月愛繼續說下去。

「只要學長將我擁入懷裡，不安就會消失；但如果離開一步，我又會感到不安……真是愚蠢呢。」

山名同學托著腮的手傾斜，將臉靠著手臂趴在桌上。

「真的很蠢……要是這樣，跟他走不就好了。既然他這麼重要，現在又如此後悔……」

山名同學眼眸盈滿水光，盯著桌子低聲說道。

坐在月愛對面的她，看起來並沒有喝得很醉。而且我記得她在兜風的時候喝得更多，現在應該是因為傷心而吐露真心話吧。

「……之前，你不是說過自己以前也一樣嗎？」

我思考了一下，便想起和她在魔幻海洋的對話。

——我其實很不安。學長他和我不一樣，以前跟其他女孩子交往過。我就想說，高中同學裡可能也有他的前女友吧。

——我以前也跟妳一樣。剛跟月愛交往的時候……我就對她產生過那種不安。

「哦……嗯。」

「但我和你終究還是不一樣。露娜不可能出軌……不過學長就難說了。」

表情僵硬地這麼說完，山名同學抬起身子，輕輕嘆了口氣。

「我發現自己並不是無法信任至今為止的學長……而是對今後的他感到不放心。」

她再次托腮看我。

「畢竟他將來可是醫生耶，全日本的女人當然都會盯上他啊，更不用說正牌女友遠在東京了。就算學長沒有出軌的打算，女人也會用盡一切方法將他勾引到床上。」

「應該不至於……」

「不行，我沒辦法相信他。我們已經不在同一片土地上了。」

我剛要幫忙講幾句，山名同學便強勢地打斷。

緊接著，她像是要哭似的露出無助的表情。

「……今後，只要他比平常晚一點聯絡，我一定就會起疑心，然後對他發脾氣。不想再讓學長看到自己這麼醜陋的一面了。」

然後，她緊緊皺起眉頭。

「既然如此，還是趁現在……還能給彼此留下美好的回憶，結束這段戀情比較好。」

山名同學帶著平靜的決心說出這番話後，揚起自嘲的微笑。

「除此之外，想不到其他方法了……畢竟我是個笨蛋啊。」

「…………」

山名同學既不是笨蛋，也不是傻瓜。

她一定只是太會忍耐而已。

仔細一想，他們在高二校慶重逢之後，兩人一起度過的美好時光真的很少。

關家同學過了長達四年的禁慾重考生活，結果錄取的喜悅也不過短瞬之間，他馬上就啟程前往北方大地了。

「什麼才是正確解答？工作、家人、朋友……全都拋棄，跟學長一起走才是對的嗎？」

山名同學用雙手摀著眼睛，以哭腔低聲說道。

「我對學長沒有信任到可以立刻做出這種決定。他在我身上付出的時間和溝通都不足以讓我相信他。」

……我懂，非常懂。

但是——

「跟學長交往之後……聚少離多的這三年來，成為我精神支柱的並不是學長。」

說出這些後，山名同學露出疲憊的微笑。

「……其實我……最不想分開的人……是蓮。」

「…………」

沒料到會在這時候聽到朋友的名字，我驚訝得倒抽一口氣。

「或許……我跟蓮交往會更幸福吧。」

山名同學說完揚起一抹微笑，那張表情溫柔不已。

「我和學長之間……每次都是我主動說『好想你』。所以總是很不安，覺得自己在學長心中說不定是可有可無的存在。」

「…………」

不是的。山名同學，妳誤會了。

——真羨慕女人啊，隨時都說得出「好想你」這種話。

——好想山名。

關家同學就是這種人啊。

妳也很清楚吧？

不就是喜歡他這一點嗎？

然而，我說不出口。

現在說這種話，山名同學也許就不會選擇阿仁，而是繼續思念著人在遠方的關家同學。

我會左右她的決定。

就因為我這個局外人不負責任的幾句話。

——笑琉心中有其他男人也無所謂，只要我能待在她身旁就好。

這一刻，朋友多年來的愛慕可能終於要得到回報。

我該怎麼做才好？

如果有兩個山名同學就好了。

什麼的……

事到如今，我還在懷抱這種不切實際的希望……

……假如換作是關家同學。

他會希望山名同學怎麼做呢？

——怎麼可能說得出口啊？太肉麻啦，我又不是那種個性。

「…………」

是關家同學自己選擇「不告訴」山名同學的。

因此，我……

希望山名同學能尊重關家同學的決定。

——內心煎熬時，我經常會幻想。和山名結婚並生下孩子，我做著醫生的工作……回到家後，她正一邊照顧小鬼，一邊為我做晚餐，並對我說：「歡迎回來。」……只要看到這幕景象，疲勞就會煙消雲散……

——這三年半來……我是為了實現那樣的未來，才有辦法一直努力下去啊。

「……嗚……」

不知不覺間，我已經咬緊牙關，強忍著淚水。

「……怎麼是你在哭啊？又沒喝醉。」

山名同學有點傻眼地看著我。

接著，她像是突然回神似的泛起苦笑，放下托腮的手望向遠方。

「……好奇怪，為什麼我會將這些事情告訴你，而不是露娜呢？」

真的。

我也這麼覺得。

為什麼現在待在山名同學眼前的，不是月愛，不是阿仁……甚至也不是關家同學，而是我呢？

明明什麼都做不到，連抱著哭泣的她給予安慰都沒辦法。

「……不過，你也行啦。要是沒人聽我講這些，大概會崩潰吧。」

有些自暴自棄地說完，山名同學凝視著遠方。

店內早已過了尖峰時段，我們兩側的餐桌放著飲酒作樂後一片狼藉的杯盤，很長一段時間都沒收拾。

山名同學環視雜亂的店內後，含淚輕聲說道：

「我可以放棄繼續喜歡學長了嗎？」

她眨了眨眼。淚珠像是被化妝所拉長的長睫毛彈開，滾落到桌上。

「太難熬了……不行……我已經到極限了。」

山名同學用長指甲梳著褐色長髮，嘴唇顫抖著。

「明明這麼喜歡……還是會有談不下去的戀愛啊……」

那勉強擠出來的難受聲音，融入遠處醉客的笑聲之中，讓我感到更加悲傷。

「問你喔，我……盡力了吧？」

嗯。

這個決定想必沒有推翻的可能性。

她做出選擇。

不是關家同學，而是要與阿仁一起走下去。

「…………」

想到這裡，眼淚就不再湧出。

山名同學應該非常痛苦吧。

即使是現在這個瞬間，她的心一定也像是要被撕裂一般疼痛。

我想給予她關懷。

連同此刻不在場的關家同學那份一起。

如果我將來有了孩子。

而且是女生的話。

要是看到她在我面前傷心難過。

或許，就會產生這種心情也說不定。

不知為何，忽然情不自禁地萌生這樣的想法。

「……！」

山名同學看到我從桌子對面伸手撫摸她的頭，表情有些驚訝。

「…………」

不過，她什麼都沒說，只是靜靜地流著淚。

我的這隻手，現在是關家同學的手。

「這麼長的日子下來，妳真的很努力。」

我想起關家同學那低沉穩重的嗓音。

換作是他，會對她說些什麼呢？

我一邊思考這種事，一邊說道：

「……已經可以了，辛苦妳了。」

悄聲說出這句話的瞬間，山名同學的雙眸就溢出淚水。

要是沒有山名同學，關家同學那麼漫長的重考生活一定會更加痛苦、黑暗且難受吧。

她對關家同學來說是多麼重要的精神支柱。

我對此非常清楚。

而且只有我知道。

這件事會一輩子埋藏在內心深處。

「關家同學是……打從心底……喜歡著妳的。」

所以，請讓我說出這句話。

作為關家同學的朋友……也作為妳的朋友。

「一直以來很謝謝妳。」

謝謝妳喜歡關家同學這麼久。

謝謝妳為他帶來無數的幸福。

「……嗚……」

想著這些事情，我又忍不住哭了。

「到底為什麼連你也要哭啊……嗚……」

似乎是受到我的情緒感染，山名同學也哽咽起來，臉都皺成一團。

「畢竟……」

我感到難為情的同時，用手背抹掉眼淚。

「畢竟，我們……不是朋友嗎？」

我抽著鼻子答道，而山名同學就稍微笑了。

「……這樣啊。」

一滴淚珠從她的眼角滑落，但沒有再湧出新的淚水。

「說得也是。」

她這麼說完，忽然感到有趣似的笑了。

「……你這個人果然個性好得不得了啊。」

山名同學那張微笑的臉上，稍微糊掉的眼妝讓眼部變得髒髒的。

我與她對看一眼後笑出來，而她則朝我伸出自己的玻璃杯。

「乾杯～！」

我們一個拿沒有冰塊的梅酒，一個則拿早已沒有哈密瓜汽水的玻璃杯，就這樣乾杯。

沒能實現的夢想將何去何從？

在關家同學的夢想中，與山名同學共築的幸福家庭……與本來有可能出生的小生命……

一定會在另一個世界線的某處延續下去吧。

希望是這樣。

畢竟對關家同學而言，那些事情彷彿實際存在一般總是縈繞於腦海中，成為他精神上的支柱，是一種「現實」。

我已經如此轉念了。

所以……

◇

仁志名蓮

我跟笑琉交往了。

不久後，我收到這個訊息。

現在能夠發自內心地笑著輕聲說——

「阿仁，恭喜你。」

# 尾聲

隔天下午三點，我和月愛約在新宿見面。

聽說是要幫我慶祝生日。

其實她本來請了一天有薪假，但為了去魔幻海洋還有為關家同學送行，最近很常突然請假，所以早上就上了半天班作為彌補。

「龍斗！」

月愛在BIC CAMERA門口附近的人群中發現我後，跑了過來。

「等很久了嗎？」

「不會，沒關係。」

「龍斗每次都來得比人家早耶，明明人家也儘量提前來了～真不甘心。」

「哈哈！」

我們邊聊邊走了起來。

月愛飛快地將手伸進我的外套口袋裡，抓住我冬天時習慣放在口袋裡取暖的手。

氣溫已經回暖不少，今天的最高氣溫好像有二十度。

開花時間比預期中稍晚的東京櫻花，這兩天應該就會進入盛開期。

春天馬上就要來了。

我們從東口朝歌舞伎町的方向走，前往電影院。

今天要久違地兩人一起看電影。知名動畫電影導演的最新作品在去年上映後，長期的上映時間終於即將邁入尾聲，我們便決定趕在下檔前來看。

電影院這種地方，三年前的情人節之後就沒來過了。回想起當時的事情，我還是會心跳加速。

正要從人潮擁擠的入口附近走向售票處時，月愛就拉住我的袖子說：「這邊。」

「咦？」

搭上沒有人排隊的小電梯後，我跟著月愛在抵達的樓層走出電梯。

「白、白金大廳？」

以白色為基調、具有高級感的櫃檯出現在眼前，我感到困惑。

「今天是你二十歲生日，所以就小小奢侈了一下。」

「咦！」

月愛對櫃檯人員報上名字後，便由工作人員帶我們走通道。於是，就這樣被帶到包廂的等候室。

空間雖然不會過大，但中央擺著看起來很昂貴的布沙發，而且不知是否出於心理作用，感覺燈光也很有情調。

「……咦，這裡應該很貴吧？」

我在沙發上坐下，等到工作人員出去後才這麼問，而旁邊的月愛就「欸嘿嘿」地笑了。

「放心，人家都出社會了。」

如此說道的她從帶來的紙袋裡拿出一個盒子。

「不過……因為有點太奢侈，送你這個當禮物可以嗎？」

她將盒子放在桌上，然後打開蓋子。

「這是人家做的蛋糕。龍斗，祝你生日快樂。」

「……咦？好厲害！」

這個蛋糕的裝飾是市面上很少看到的類型。五顏六色的粉彩色餅乾覆蓋整個蛋糕表面，其中有我的年齡「20」，還有寫著「龍斗生日快樂」的心型餅乾等等。

「聽說美鈴呀，住大阪時有在烘焙教室學做糖霜餅乾，所以人家最近跟她請教了一下。」

「糖霜……？」

「就是用砂糖來畫畫，像這樣子。」

月愛指著蛋糕上的粉彩色餅乾。

「原來如此。」

「蛋糕是人家回想以前在『Champ de Fleurs』打工時，甜點師傅傳授的訣竅！」

與月愛的人生有關聯的人愈多，她就變得愈優秀。

她本來就是個出色到不行的女孩子，卻還在繼續成長為更有魅力的女性。

「……月愛，謝謝妳。」

我凝視著第一次看到的糖霜餅乾蛋糕，深深體會到這一點，然後露出微笑。

「話說回來，昨天真的很抱歉……沒想到人家才喝一杯威士忌蘇打就睡著了。」

月愛將蛋糕收起來後，雙手合十舉在面前。

「沒關係啦，妳今天早上沒賴床吧？」

「嗯，四點就起床了。」

「咦，不會太早起了嗎？」

「可是今天要上班，必須早起做蛋糕才行，而且也想好好化妝打扮嘛。雖然餅乾是昨天就做好的……不過人家因為這樣沒睡飽，結果就不小心在居酒屋睡著了，嘿嘿。」

也許是不想讓我擔心，月愛慌慌張張地講了一長串的理由。

「最近工作的事讓人家有點煩惱，所以也累積了不少疲勞。」

「說起來，關於妳的工作……」

我開口提起一直很在意的事情後，月愛就明瞭地點點頭。

「嗯，人家已經告訴區域經理。他看起來超級遺憾，但畢竟人很好，還是尊重了人家的心情。」

「咦……」

意思就是……剛想到這裡，月愛就一臉認真地注視著我。

「人家不會去福岡。」

等候室只有我們兩個人，安靜到可以清楚聽見我倒抽一口氣的聲音。

「其他人的調任通知單在今天正式發下來了，人家才終於可以告訴你這件事。」

如此說道的月愛朝我微微一笑。

「人家今後也會一直待在你身邊。」

「……原來是這樣啊……」

我真的是做好了遠距離愛情長跑的心理準備，所以這下感覺像是鬆了口氣，又像是失去了幹勁，整個人充滿一種不可思議的虛脫感。

這時，忽然想起月愛之前說過的話。

——人家已經確定自己的心意。只是，那條路一定會比現在更辛苦……所以還沒有做出最終決斷。

這句話是什麼意思呢？

「……月愛，妳確定嗎？」

「嗯，人家有其他更想做的工作。」

這時，等候室的門隨著敲門聲開啟，工作人員將入座時點的飲料端進來。

有兩個高高的玻璃杯，裡面裝有冒著綿密泡沫的淡金色液體。

「為兩位送上香檳。」

工作人員又陸續放下裝有高級巧克力糖的玻璃杯，與盛著義式冰淇淋和瑪德蓮的盤子，然後就離開等候室。

「要融化了……先吃這個吧。」

於是，我們將義式冰淇淋吃完後，月愛放下湯匙開口道：

「人家想成為教保員。」

「咦……」

這句意想不到的自白，讓嘴裡咬著巧克力的我停下動作。

「教、教保員？是托兒所老師的意思嗎？」

聽到我的問題，月愛點點頭。

接著，她臉上泛起淡淡笑容。

那眼神既溫和又充滿柔情。

「人家其實很喜歡小寶寶。在遇到陽菜和陽花之前，連自己都不曉得。」

月愛凝視著桌上香檳杯一帶，瞇起了眼睛。

「小孩子充滿無限的可能性喔。每天照顧孩子時人家都在想：『這孩子擁有什麼樣的才能呢？』如果拿髮飾玩耍，可能會成為美髮師吧；若是拿球玩耍，可能會成為排球選手吧。這種想法會不會太單純？」

月愛看著我露出羞澀的笑容後，再次側過臉。

「不過，像這樣靜靜守護他們後，人家有天突然發現了一件事，那就是成長的記號是絕對無法回頭的。」

她的眼神中寄宿強烈的光采。

「然後人家就覺得自己也跟這些孩子一樣，活在一生只有一次的當下，沒辦法回頭。」

說完，月愛有些難為情地看著我，原本認真的表情緩和下來。

「服飾業的流行變化得太快。雖然可以一直穿時尚的新衣服很開心，但待在工作現場就會有點疲憊。上一季的東西一旦過了流行，甚至就沒有人想多看一眼。總覺得，人家對這種

現象不是很能接受……客人不是還會繼續穿那件衣服嗎？人家不久前還推薦這件很流行，讓客人買下來……感覺這樣好像變成在欺騙他們。要是跟客人說：『那件已經退流行了，現在流行的是這件。』讓他們買新衣服，這樣……不就真的很像一個騙子嗎？」

月愛是個不懂得說謊的人，這一點我也很清楚。

「……就是這種事情讓人家有一點痛苦呢。」

如此說道的她臉上泛起一絲苦笑。

「這要……怎麼說才好呢？人家原本也以為自己很適合做這一行，畢竟服務客人的時候大多很開心。」

月愛是天生的嗨咖，我覺得她的交際能力比自己厲害幾十倍……不過還是感覺得到一些笨拙的地方。

這種笨拙之處，應該就是反映在這一面吧。

「不過，假如妳要成為教保員……是打算參加資格考試嗎？那現在的工作怎麼辦？」

月愛表情冷靜地點點頭。

「嗯，人家是高中畢業，要取得資格好像必須去上專門學校。所以想說就不當副店了，這樣排班比較自由……若是不行，可能就回去當工讀生吧？有辦法這麼安排嗎？還沒談過這方面的事情，人家也不確定。」

「這樣啊……」

「要是沒工作，哪來的錢上專門學校？所以不管怎樣都要半工半讀……應該會變得比現在更忙吧。」

大概是在思考今後的打算，她眉間有幾分凝重。

「而且人家又很不會念書～這一點也是隱憂啦。」

說著，月愛不好意思地笑了笑。

縱使如此，她還是自己選擇念書這條路。

這表示她找到了想從事的職業吧。

「不過，人家下定決心這麼做了。一直抱著『好像哪裡不對勁』的想法繼續做現在的工作……就算在福岡成為店長，不斷累積這一行的資歷，那也絕對到達不了人家的目標呀，不是嗎？」

儘管月愛看著我的眼睛說話，卻像是在說給自己聽似的。

「所以，只能好好努力了。」

「……這樣啊。」

看到月愛一臉心情暢快的模樣，我便明白自己已不需要多說什麼。

「我支持妳。」

「謝謝！」

月愛勾起愉快的微笑。

那是宛如女神一般，讓我著迷不已的笑容。

「來，喝吧喝吧！」

經月愛這麼一說，我便拿起香檳杯。

「龍斗，祝你生日快樂。」

在只有我們兩人的包廂，月愛凝視著我的眼睛，以輕柔的嗓音說道：

「慶祝龍斗滿二十歲……」

月愛說著舉起香檳杯，我也將自己的香檳杯湊過去。

「還有月愛的新生活。」

聽到我這麼說，月愛感覺很害羞地笑了。

「乾杯♡」

鏗！香檳杯敲出一聲輕響。

看到月愛將香檳杯放到嘴邊，我也喝了一口自己的香檳。

「…………」

「……大人的味道怎麼樣？」

月愛擺出一副大姊姊的模樣，興致勃勃地注視我。

所以，要老實說出感想讓我不太甘心。

「……有點苦……」

我舔掉沾在嘴唇上的酒後皺起眉頭，而月愛就露出純真無瑕的笑容。

「嘻嘻，龍斗真可愛♡」

接著，她朝我探出身體，湊近我的臉龐印下短暫的一吻。

◇

電影開始放映之前，工作人員再次帶領我們來到影廳的白金包廂，這是兩人專用的露台座位。

沙發格外柔軟，寬敞得給兩個人坐綽綽有餘，坐上去的視線高度與銀幕齊平。往下一看便可看到成排的一般觀眾席。感覺自己就像是坐在露台座位優雅地觀賞歌劇的中世紀貴族。雖然不太清楚那是什麼感覺就是了。

「哇～超軟的！」

月愛開心地窩進沙發。

「感覺很好睡耶～！」

當我察覺到她這句話變成一種鋪陳，是電影開始後，體感上經過一個小時左右。

「……？」

肩膀有股倚靠過來的觸感，我一看，便發現月愛靠在我的肩上。她閉著雙眼，可以聽到輕微的呼吸聲。

「…………」

畢竟她今天也沒睡飽，而且電影放映前還喝了香檳。

看起來睡得實在太香甜，我也不忍心叫醒她。

想起三年前看電影時的事情。那時候我也像這樣讓月愛靠著肩膀。

於是再次意識到，從那之後已經過去三年了。

眼前的桌上擺著沒喝完的香檳杯。細小的泡沫不斷從底部冒上來。

我在洗手間偷偷查了一下，這個白金包廂的費用似乎是兩個人三萬圓。

——放心，人家都出社會了。

——不過……因為有點太奢侈，送你這個當禮物可以嗎？

因為二十歲是我人生的轉折點，她就硬是為我安排了特別的慶祝方式吧。

這麼一想，就打從心底湧起疼惜與感謝。

明明只要月愛待在我身邊就很足夠了。

她的手隨意地擱在大腿上，我將她的手拉到我的大腿上牽住。

「…………」

這樣她會醒來嗎？看了一下月愛的反應，不過她只微微動了動脖子，沒有要睜開眼睛的意思。既然睡得這麼熟，那就沒辦法了。

我感受著月愛的味道和溫暖。

因為有點跟不上劇情，便凝視銀幕，重新集中精神看電影。

◇

「唉，沒想到今天也不小心睡著了～！」

在電影院隔壁建築物的日式餐廳裡，月愛像是突然想起來似的摀住臉龐。

我們坐在月愛訂的雪屋式包廂中，面對面享用著晚餐。

「這也沒辦法，畢竟妳很累嘛。」

「最後怎麼樣？成功拯救世界了嗎？」

「成功了成功了，靠兩個人愛的力量。」

「那兩個人怎麼樣了？」

「唔～女主角回家了，有營造一種『未來一定會再相遇』的感覺。」

「咦，這是怎樣！明明那麼相愛耶！」

「這個嘛，那個導演的作品不都是走這種風格嗎？」

「咦……」

我將電影結局告訴月愛後，她看起來很不滿。

「都談了那麼轟轟烈烈的戀愛，好希望他們能結婚喔。」

月愛只要看含有戀愛情節的作品，一定會說：「希望他們能結婚。」

想必這就是她對愛情所懷抱的嚮往吧。

我要好好努力，讓她所嚮往的事情能夠成真。

即使對虛構的愛情結局感到不滿意，現在只能請她多加包涵。

就像這樣。

我在內心是個能言善道的詩人。

「……欸，說件完全無關的事情。」

月愛忽然改變話題。

「之前，區域經理講了一句讓人家超生氣的話！」

她臉上罕見地顯露怒氣。

「人家說最近很少跟男友見面，他就說：『那他絕對有去風俗店啦。』」

「咦？」

「龍斗……你沒有去那種地方吧……？」

「當、當然沒有啊。」

沒想到會受到這種懷疑，頓時心中產生動搖，吃螺絲更是讓我慌亂起來。

「……真的嗎？」

不出所料，月愛一臉不安地抬眸問道。

「嗯。」

我深深地點了點頭。

「……我不喜歡跟陌生人互相接觸，哪會想特地花一大筆錢做這種事……而、而且也怕感染疾病……再說，我已經有月愛了。」

「可是，區域經理說：『每個男人都會去。』」

月愛幾乎變成淚眼汪汪的狀態。這樣的她看起來很可愛，又很可憐，我焦急地想證明自己的清白。

「不，怎麼可能是『每個男人』啊……或許那個區域經理身邊的『每個男人』都會去，但是我大概沒辦法跟那種人成為好朋友……最起碼，自己身邊的男性朋友應該沒有一個人會去喔……」

「是這樣嗎？真的？」

「嗯……真的。」

我再次點點頭，月愛暫且恢復了冷靜。

「那你心癢難耐的時候怎麼解決？」

「……看色的東西，或是想著月愛然後一個人……」

「你還會想著人家來做嗎？」

月愛臉上的不安終於消散，她表情歡快地向我探出身體。

聊這種話題會讓我感到難為情，但月愛好像很喜歡。

「明明都交往快四年了？」

「我到死都會這麼做。」

我自暴自棄地回答後，月愛眼神綻放些許光采，隨即鼓起臉頰。

「咦～那怎麼行……一起做嘛。」

「咦……！」

聽到月愛大膽的言論，我懷疑自己聽錯，一時無言以對。

她看起來很羞澀地移開視線。

「……假如變回工讀生，不就可以多排一點休假嗎？所以……我們要不要一起去旅行？夏天的時候去沖繩之類的，住個三晚左右。」

「住、住三晚……」

與月愛在南方島嶼共度春宵的幻想瞬間閃過腦海，我嚥下一口唾沫。

「……龍斗不在身邊，人家就會呼吸困難。」

突然聽到這聲低語，只見月愛正看著桌上的烏龍茶。

「只有跟龍斗在一起的時候，人家才會覺得自己有好好活著。」

她微微勾起嘴唇，眼眸浮現明豔的熱情。

「龍斗的心臟，就是人家的另一個心臟。」

接著，月愛與我四目相交。

「畢業後這兩年來，一直都是這樣。」

她害羞地不時偷瞄我的眼睛，輕聲低喃道：

「所以，是不是……差不多了？」

「……嗯。」

聽著急促的心跳聲，我生硬地點點頭，然後喝了一口自己的烏龍茶。

我們用完餐後離開餐廳，從大樓的七樓下到一樓，打開店門準備走到街上。

必須爬幾層樓梯才能回到街上。而在這個樓梯上，有一對舉止親密的年輕男女背對我們站著。

他們都是一身龐克搖滾風的全黑穿搭，只見男友將手伸進了女友的黑色百褶迷你裙裡。

「……！」

下一瞬間，那隻手掀起裙子，從黑色蕾絲丁字褲溢出的白皙屁股就這樣蹦出來。

男友的手愛撫著那個屁股。

站在樓梯下的我們正好撞見這一幕，震驚到無法移開目光。

「……嗯，咳咳！」

月愛好心地清了清喉嚨。

這時，男友的手立刻放開屁股，情侶倆慌張地轉頭看我們。

「…………」

從他們身邊經過後，我們沉默了十秒左右。

「……好漂亮的屁股喔，小小的。」

月愛嘀咕了這麼一句。

「……嗯。」

「是說，龍斗也看到了嗎？」

「咦？畢、畢竟就在眼前啊，不小心就看到了。」

見我驚慌失措，原本臉上帶著一絲怒意的月愛垂下眉毛，「嘻嘻」地笑了。

「那個男朋友是沒辦法忍到兩人獨處的時候嗎？」

「應該吧。」

我壓抑住因這場奇怪意外而加速的心跳，簡短地答道。

月愛和我牽手走在靖國通上，往車站方向前進。雖然白天很暖和，夜風還是稍有寒意。

——我們要不要一起去旅行？夏天的時候去沖繩之類的，住個三晚左右。

想起月愛這番話，手中的暖意令我心情昂揚。

「……我們可能有點不正常呢。」

過了一陣子，月愛有些難為情地低聲說道。

「……或許吧。」

我也困窘起來，忍住差點揚起的苦笑。

世界圍繞著性慾而轉。

城市中到處都是俊男美女的寫真照，一打開社群網站，姿勢性感的美少女插畫就會映入眼簾。

曾經看到某篇報導說，男性每五十二秒就會想到一次與性有關的事情。不過，我認為這倒是有點太誇張。

色慾掌控著男人的腦袋，尤其我們這些年輕男生更是如此。

然而，我對妳懷抱的是超越性慾的感覺。

而那究竟是什麼感覺，羞恥到從來不曾說出口。

不過，確實一直存在我心中。

那樣的愛意，抑制著體內的獸性。

將纖瘦但凹凸有致的妳推倒之後，狠狠纏綿一番直到妳哭出來的幻想，已經不知道在我腦海中上演過幾百、幾千遍。

但是，只要見到現實中的妳。

我便不由得想要溫柔地對待妳。

不想看到妳悲傷的表情，希望妳永遠都能露出幸福的微笑。

想一輩子都悉心呵護。

無論是妳的心，還是身體，甚至是一滴淚水。
我才不想讓路過的陌生情侶看到妳重要身體的任何一部分。
所以，做那種事的時候，絕對要在能夠兩人獨處的地方。
並且要在月愛同意的時間點。

那個時刻終於來臨了。

總是會來臨的。

◇

進入四月了。
大學開學之後，我拿到新的教學大綱，為了決定本學年的課表，我便和久慈林同學約好碰面。
「加島兄，你是否已看過增上寺的櫻花？」
「沒有，花還開著嗎？」

「盛開當中，開得極美。從東京鐵塔眺望應是相當壯觀。」

「這樣啊。」

「你要去看嗎？若是如此，小生可陪你走一趟。」

於是，不知為何，我就和久慈林同學一起走去東京鐵塔了。

從東京鐵塔的主甲板俯瞰芝公園一帶的櫻花，確實非常漂亮。似乎沒什麼人會為了賞花過來這裡，觀光客為這意想不到的絕景發出驚呼。

「……春天來了呢。」

我的心情也雀躍起來，不禁喃喃說道。

「人說春已到，未聞黃鶯啼，何以稱為春……」

「咦？」

我正隔著玻璃觀賞景色之際，久慈林同學突然吟起和歌，看我感到困惑，就解釋道：

「雖然人們說『春天來了』，但在黃鶯啼叫前應該都不算春天……這首和歌的意思就是這樣。作者為壬生忠岑，引用自《古今和歌集》。」

「……原來如此。」

「現代都市聽不到黃鶯啼叫，因此春天永遠不會到來。」

「這樣喔。」

「正如同小生的人生。」

「…………」

所謂的「春天」，原來是指愛情上的意思嗎？

久慈林同學的目光越過眼下的櫻花望向遠方，我見狀不由得有些過意不去。

於是，我們在主甲板上的咖啡廳喝茶，並將教學大綱攤開放在桌上，開始討論課表。

「……久慈林同學，你要選第三節的國語學喔？那我也選吧。」

「但這樣一來，課程是否稍滿了些？已升上大三……加島兄還有就職活動要忙吧？」

「我有修教程，課變多也沒辦法，畢竟大四想做專題研究就好。」

「與女友共度的時間變少也無所謂嗎？」

他以酸溜溜的口吻刺了我一把，我便敷衍地笑了笑。

「沒關係，她也很忙啊，而且……」

我抬起頭，看著窗戶的方向。隔著許多觀光客的頭，可以遠遠望見午後的晴朗天空與東京的景色。

「……我暑假要跟女友一起出遊過夜。」

壓抑著快鼓譟起來的心跳這麼說完，久慈林同學就「嗯」地沉吟一聲。

「這就是你今日心神不定的原因嗎？」

「咦？」

一想到他早已看穿，我便覺得羞恥，感覺自己的臉都發紅了。

「……你們可是第一次出遊？」

久慈林同學用探究的眼神看我，讓我有點心慌。

「對、對啊，她之前都很忙……」

「然而，你雀躍得好似第一次同床共枕。縱使旅行是初次，也不該是初次共度夜晚。」

久慈林同學眼鏡下的眼光變得更加銳利，像是盤問中的幹練刑警一樣令人心生畏懼。

見狀，我便心想終於是時候將真相告訴他了。

「呃……那個，其實呢——」

我不知所措地開口，而久慈林同學則用戒備的表情緊盯著我。

「的確，從好幾年前開始……我和她就非常積極地想做那檔事……」

內心發窘，我的視線落在教學大綱上。不過，上面的文字完全進不了腦袋裡。

「當然現在也很積極，只是……」

抬起眼眸，發現久慈林同學果然正直勾勾地注視著我。

「這件事說來話長，你願意聽嗎……？」

這時，久慈林同學臉上浮現一抹焦躁。

「稍、稍等一下，加島兄。」

他雙手舉在胸前，擺出「慢著」的手勢。

「不會吧……再怎麼說實在是……」

久慈林同學一臉不敢置信地開口：

「你該不會……」

說到這裡，他先吸了一口氣。

「到現在還是處男怪吧……？」

面對戰戰兢兢地詢問的久慈林同學——

我生硬地點了點頭。

# 後記

《戀愛光譜》突然就進入大學生篇，不知道大家覺得如何呢？第五集的最後一行字，其實是留給各位讀者的訊息。

這個發展的構想從第三集就持續和責編討論，為了營造驚喜，所以發售前的故事大綱等內容都沒有公開。

很高興能因為三年過去而讓海愛回到故事的中心。

我目前在「DRAGON MAGAZINE」以短篇連載的形式撰寫第五集的後續內容，也就是龍斗高三時代的故事。讀者們如果還想和依然是高中生的月愛等人見面，請一定要去看「DRAGON MAGAZINE」喔！

開始寫大學生篇之後，大學時代完全是個邊緣人兼高敏感族的記憶就接二連三地復甦，真的很令人難受。龍斗跟我愈來愈像，幾乎就是我了。

法應大學是仿照我的母校慶應義塾大學所創造出來的虛構大學名稱，但在撰寫本集內容之際，完全變成我的母校了……不過，每間大學應該都差不多吧（建築和運作模式等等），請容許我這樣為自己開脫。

由於自己過著離不開酒的學生時代，儘管知道現在的學生們沒那麼愛喝酒，還是沒辦法想像沒有酒的學生生活，於是就不得不讓角色們喝酒了。雖然責編有吐槽，也寬容地表示：「畢竟是長岡老師，這也沒辦法。」沒想到龍斗三月出生的設定能在這裡派上用場（撰寫上一集時，突然發現沒寫到龍斗的生日，這才趕緊寫進去）。

不過我念大學的時候其實也是喝了一口啤酒就皺眉說：「好苦……」順道一提，當時經常喝烏龍燒酒。

另外，關於新角色久慈林同學，我的責編立刻就取了「Kujirin（註：久慈林的「林」唸法為Bayashi，責編改唸Rin）」這個綽號，希望大家以後可以這麼叫他。

Kujirin是以我大學時代的男性朋友為原型（長得帥但沒有自信的處男設定是以出道拙作《中之下！》裡的黑川為原型）。

雖然他的說話方式並不是那樣（這部分有其他原型），不過多虧有他在，我的大學時代獲得非常多的幫助，相當於對龍斗而言的Kujirin。他是我重要的摯友。希望他能在某個地方閱讀這本小說。

這次負責繪製插畫的magako老師也畫了許多細膩美麗的精緻插畫，真的很感謝您百忙之中撥冗協助！

責任編輯松林大人還是一樣非常照顧我。一直以來很謝謝您！由於太熟了，很抱歉有時候態度會變得很隨便！

此外，因為改編動畫而成為朋友的腳本家兼作家福田裕子女士（在《戀愛光譜》負責劇本統籌），以及動畫師伊藤陽祐先生（負責同作的角色設計），在撰寫本集的期間也會陪我聊天，支撐我維持創作熱情，真的非常感謝。到了這個年紀還能交到兩位讓人想忘記時間一直聊下去的朋友，打從心底覺得很幸福。

在動畫團隊的優秀人士們鼎力相助之下，動畫也正按部就班地製作當中，敬請大家拭目以待！

那麼，希望我們能在第七集再見！

二〇二三年二月　長岡マキ子

國家圖書館出版品預行編目資料

位於戀愛光譜極端的我們/長岡マキ子作；Linca譯.
-- 初版. -- 臺北市：臺灣角川股份有限公司,
2023.10-
冊；　公分. -- (Kadokawa fantastic novels)
譯自：経験済みなキミと、経験ゼロなオレが、お付き合いする話。
ISBN 978-626-378-047-7(第6冊：平裝)

861.57　　　112013278

Kadokawa
Fantastic
Novels

# 位於戀愛光譜極端的我們 6

（原著名：経験済みなキミと、経験ゼロなオレが、お付き合いする話。その6）


2023年10月25日　初版第1刷發行

作　者：長岡マキ子
插　畫：magako
譯　者：Linca

發行人：岩崎剛人
總編輯：蔡佩芬
編　輯：楊芫青
美術設計：黃永漢
印　務：李明修（主任）、張加恩（主任）、張凱棋

發行所：台灣角川股份有限公司
地　址：104台北市中山區松江路223號3樓
電　話：（02）2515-3000
傳　真：（02）2515-0033
網　址：www.kadokawa.com.tw
劃撥帳戶：台灣角川股份有限公司
劃撥帳號：19487412
法律顧問：有澤法律事務所
製　版：尚騰印刷事業有限公司
ISBN：978-626-378-047-7